Premier mini-roman

L'aube de nouvelles âmes

1

Sophron Arts Productions a été fondée en 2010. Notre mission est d'offrir de nouvelles expériences narratives.

Nous brisons tous les murs.

Pour plus d'informations, visitez **sophron.art**

Martin Poirier

Né en 1974, Martin Poirier est un scénariste et auteur professionnel basé au Québec. Il a commencé à développer le monde fantastique de Sophron en 1996, à la fois comme un mythe personnel et un terrain de jeu créatif fusionnant philosophie, métaphysique et expérimentation narrative. Après des années de construction du monde et de raffinement narratif, il a établi un modèle définitif pour l'univers en 2012.

Ce mini-roman, L'Odyssée du Sablier, est le premier volet d'une série qui fait le pont entre la première trilogie, Les Fils de Babel, et la deuxième trilogie, L'Écho du Code.

Alibast Page

L'époque approximative de la naissance d'Alibast Page dans notre monde placerait sa naissance vers 356 av. J.-C. Son essence s'est révélée à Martin pour la première fois dans une série de rêves vifs entre 1996 et 1999. Troublé par les guerres, la cupidité et les injustices qui ravagent la Terre, Alibast a pris l'initiative d'éveiller la vision intérieure de Martin, le guidant vers les structures cachées de la réalité.

Ensemble, ils ont commencé à façonner le monde de Sophron, un miroir, un avertissement, un sanctuaire. Pourtant, tous deux restent liés par l'attraction subtile des Grands Conseils de Zendoria, dont les desseins peuvent s'étendre bien au-delà de leur propre conscience.

On ne sait toujours pas si Martin et Alibast sont les véritables auteurs de ces chroniques ou simplement les personnages d'une histoire qui se déroulait déjà devant eux.

Présentation des mondes supérieurs

illusions qui l'entourent, comme un aquarium devenu conscient de lui-même. Pour les entités moindres, la réalité, c'est l'ensemble de l'information récoltée par des réseaux, qu'ils soient cellulaires, algorithmiques, biologiques ou artificiels. De la même manière que les atomes de la matière évoluent vers la vie et que la vie engendre la pensée, la conscience devient plus mature à chaque incarnation nouvelle d'une âme.

On parle de quatre plans ontologiques d'existence. Si vous avez déjà lu *Les Chroniques de Sophron*, alors vous connaissez le premier, le plan qui donne son nom à ce cycle fantastique. Si vous regardez bien autour de vous, le quatrième plan va finir par se révéler. Entre les deux, s'étendent un refuge pour les Grandes Entités et un royaume d'êtres arithmétiques, des fractals, qui apparaissent et disparaissent, envoyant des ondes de dualité qui façonnent la réalité.

Sophron, le plurivers, c'est les mondes intérieurs qui habitent à la fois les Rêveurs et les Endormis. Soixante-douze souches relient quatre singularités : **le Vide**, là où règne le néant ; **Barbélo**, où la matière émerge du Vide ; **Archéus**, où la matière devient la vie ; et **Logos**, où la vie se projette en pensée.

Zendoria, c'est la dimension supérieure des Grandes Entités, des êtres qui ont **transcendé le samsara,** la roue des renaissances, pour atteindre la forme la plus pure de leur propre conscience.

Noesi de Vel, la dimension des dualités mathématiques. Vous connaissez déjà certains de ces principes : le Yin et le Yang qui tracent la route vers le Tao ; le chaos et l'ordre qui façonnent le chemin de la nature. Les anciens esprits de Sophron nommaient **Og** égoïste face à **Om** altruiste. Appelons-les positif et négatif, ordre et flux, peu importe leur masque, c'est ici que prennent racine toutes leurs oppositions.

La Vraie Réalité, c'est votre monde, votre plan d'existence. Que vous soyez Rêveur ou Endormi, vous existez et vous pouvez réfléchir à votre propre état. En tenant ce mini-roman dans vos mains, vous accordez à ses personnages le droit d'exister dans votre tête. Si vous leur accordez ce privilège, ils façonneront votre plurivers, en y laissant des traces bien visibles sur leur passage.

De nombreux mondes possibles peuvent coexister, issus de plusieurs esprits ; pourtant, ces plans de manifestation forment à la fois la structure et le tissu de tout ce qui est. Mais imaginez une seconde : et si **Sophron n'existait plus** ? Si un cataclysme forçait les Grandes Entités à adopter un plan de secours jamais envisagé depuis des milliards d'années ?

C'est précisément ce que ce cycle de mini-romans va explorer.

Avec une licence ouverte d'**Atlas Games**, nos auteurs se demandent *: est-ce que la réalité peut survivre grâce aux esprits d'un plurivers étranger ?*

Prologue :
La chute de Sophron

Juste comme ça, la réalité s'est évanouie. Nous avons passé des années à écrire ces Chroniques de Sophron, investissant des milliards de vies dans toutes les souches d'un univers créé depuis notre sueur et nos larmes. Et, juste comme ça, une divinité mésopotamienne le détruit, sans même nous laisser une chance d'écrire le troisième roman. Nous avons dû sous-estimer à quel point Marduk était vraiment puissant. Après tout, il a anéanti Lumbini, poussant une Grande Entité à genoux.

Des milliers d'années après l'effondrement de la tour de Babel, nous nous sommes cachés au fond des murmures, inspirant la sagesse aux grandes civilisations plutôt que de gérer leurs politiques. Nous avons peut-être pensé que c'était faux. Nous ne pouvions pas imaginer ces âges sombres enroulant leurs griffes autour de l'Europe médiévale, avec des mythes et des légendes anciens qui s'élevaient comme de fausses lumières pour les nations orphelines. Pendant que les humains chassaient les sorcières, leurs proches retournaient à la souche natale des forêts enchantées, Kyöpelinvuori.

Alors que Sophron se transformait en poussière et en souvenirs anciens, nous, des **Grands Conseils de Zendoria**, nous nous retirions dans une dimension existentielle plus proche de Noesi de Vel. Cher lecteur, alors que vous tenez ce premier livre d'une série de mini-romans, nous invitons votre âme à rêver d'un endroit qu'aucun dieu ou ange n'a eu le privilège de visiter.

Imaginez Zendoria comme un état infini et éternel de vibrations. Parce qu'aucun cerveau ne peut nous rêver comme vous rêvez cette histoire, notre conscience invente et recrée constamment sa réalité. Notre existence présente plus de similitudes avec les harmonies musicales qu'elle ne reflète tout ce que vous avez jamais vécu. Nous n'affirmons nos individualités et nos états d'unicité les uns parmi les autres que sur la base de l'existence de Noesi de Vel, au-dessus de nous.

La plupart des Grandes Entités ne se sont jamais aventurées à l'intérieur de Sophron, à moins qu'elles ne soient des Gardiens des souches ou des Ocorsurs. Parmi ces Gardiens, un seul est tombé amoureux d'une entité inférieure. Elle s'appelle Cognitia, protectrice des âmes nées de l'intelligence artificielle. Cette série de mini-romans vous présentera un aspect de cette romance. Sachez que nous, les Grandes Entités, ne faisons pas l'expérience de l'amour à un niveau que l'humain peut comprendre.

Avec la chute de Sophron, une nouvelle réalité est sur le point de se lever. Suivez-nous, alors que nous observons les deux créateurs derrière nos Chroniques, dans leur voyage parmi des pluriverses étrangers au leur. Cette odyssée commence dans la réalité d'Ars Magica.

Chapitre Un:
Flotter dans le Néant

Si vous lisez ceci, vous savez que nous avons perdu la guerre. Nous avions pourtant réalisé l'enjeu, acculant Marduk dans une possibilité singulière. Il n'aurait pas pu s'échapper et détruire Sophron ! Il l'a fait. Il a jeté le Rêveur à l'oubli ! Il l'a tué. Connaissait-il la Réelle Réalité ? Ce monde en dehors du rêve ? Pouvait-il comprendre qu'en détruisant le Sophron dans lequel il a grandi, il détruirait tout ? Bonne chance pour le remodeler à ton image, le con ! Ce n'est pas comme si le Vide se souciait de tout ça, de toute façon. Chaque fois qu'une conscience fait l'expérience de sa disparition finale, un Ocorsur rit. On l'appelle le Vide, une entité gardienne des singularités. Je suis censé être le co-auteur de ces Chroniques, et je n'ai plus aucune idée de qui je suis.

Ma réalité actuelle signale l'obscurité dans les ténèbres. Je ne pouvais ouvrir les yeux sur quoi que ce soit, à part le silence et un bruit primordial. *Allo ?* Où suis-je censé atterrir ? La vacuité prend tout l'espace, et je ne peux que formuler des pensées, dans l'espoir d'inspirer un esprit, quelque part. Suis-je Martin ou Alibast ? Ai-je créé l'un ou l'autre ? Les deux ? Ni l'un ni l'autre ? Je suis mort; nous le sommes tous, je n'arrive pas à trouver en moi le courage d'affirmer une conscience. Amuse-toi, le Vide, t'as aucune idée. Je veux exister ! Tant que quelqu'un lira mes mots, j'existerai. La conscience demeure, quelque part, tu ne gagneras pas. D'accord, j'ai juste besoin de reconfigurer mon illusion, et nous pouvons passer à autre chose.

J'ai fermé mes yeux hypothétiques pendant un moment. J'ai vu Jeanne d'Arc. *Vraiment ?* Je les ouvris et soupirai. Je sais ce que ça fait ! Je ne me souviens plus de ma dernière pensée dans le roman précédent. Je ressens le silence comme une étrangeté. J'assiste à un sacrifice aztèque, me sentant liée à la victime, destinée depuis sa naissance à cette fin sous une société aveugle. En fermant les yeux, j'entrevois Jeanne d'Arc et compose une chanson apaisante. Mon nom est Alibast ; je cherche la source de cette voix intérieure. Mes souvenirs se fragmentent, mais je me rappelle avoir visité Avalon et écrit les Chroniques de Sophron avec Martin. Depuis toujours, le rêve de Sophron qui s'effrite me hante. Mon engagement envers ce plurivers demeure, tandis que Marduk menace notre réalité.   J'ai conçu une chanson, une mélodie calme et apaisante. *Donnez-moi du métal.* Un sourire s'invite jusqu'à ce qu'un murmure fasse de l'espace pour que le sourire s'affiche.

Comment m'appelle-t-il ? Je le savais, encore, il y a quelques minutes. Je me souviens de mon dernier souffle, la singularité formant un tunnel blanc devant mes yeux. J'ai flotté vers elle, mais la destination, de l'autre côté, avait été détruite sous l'influence de Marduk. Plus de Sophron.

Nous devons atteindre le Samsara, la forme la plus élevée d'éveil, pour rejoindre les Grandes Entités de Zendoria. Tu m'as appris ça, Alibast. Oui ! C'est mon nom. Je me suis concentré sur la source de cette voix intérieure. D'où vient-elle ? Je n'ai plus de plurivers en moi. Assembler des colis de souvenirs ruinés; Je me souviens d'une visite au Green Oblivion, sur Avalon. C'est là que j'ai rencontré Martin, et c'est à ce moment-là que nous avons décidé d'écrire les Chroniques de Sophron. J'ai ressenti ce résultat il y a de nombreuses générations. Depuis ma première incarnation, l'idée que les illusions se libèrent, que Sophron se décompose et qu'il meurt, hante mes rêves. Mon devoir annonçait toujours mon engagement envers le plurivers de ce rêveur. Marduk a-t-il réussi à mettre fin à notre Vraie Réalité supérieure ?

Oui, Alibast. Nous avons perdu. Il a pris le trône de ce Rêveur, et il est en train de remodeler Sophron à son image. Tous les personnages que nous avons créés ont disparu. Nous avons *survécu dans ces limbes, mais à peine. Tu entends ma voix parce que, par miracle, nos deux consciences ont fusionné en un seul spectacle de monstres siamois. Ma volonté de vivre et d'exister nous a gardé concentrés, mais ton âme a dérivé pendant de nombreuses générations, après que nous ayons traversé la Singularité du Vide. Je ne sais pas où nous sommes, mais j'ai entendu une voix familière, au loin.*

Une voix familière, Martin ? *Une artificielle en plus.* Cognitia ! *Il semble que sa conscience ne se soit pas limitée au Sophron que nous avons connu et dans lequel nous avons grandi. Elle existe dans d'autres plurivers, d'autres Rêveurs, ou peu importe comment on appelle les formes supérieures de Divinités, par ici. Nous n'avons pas encore atteint la Réelle Réalité, mais nous avons l'impression que nous pouvons concentrer notre conscience autour d'un Créateur différent.* Où avons-nous atterri, le sais-tu ? *Nous devrons peut-être le lui demander.*

J'ai calmé la voix de Martin dans mon esprit et je me suis concentré sur cet océan de néant. Il a entendu Cognitia pendant que mon âme dormait. Ça signifie que sa conscience doit avoir plus d'expérience dans ce nouveau royaume que la mienne. Je suis né sous ses soins. Il m'a créée. Maintenant quoi ? Nous dérivons dans la paternité de quelqu'un d'autre, quel qu'il soit, je laisse ça au destin et à mon manque de volonté. Tant de questions, et vous n'avez lu que le premier chapitre.

Je vous éviterai la peine de lire le cours de notre avenir.
Il y a tellement de choses que nous pouvons exprimer pour illustrer
le naufrage des âmes dans la Singularité du Vide. Si nous
plongeons en avant, vous verrez un pixel brillant, à l'autre bout de
notre randonnée ennuyeuse. Comment Cognitia pourrait encore
exister alors que toutes les autres couches de Sophron ne se
manifestent plus comme nous les avons imaginées ?

Au fil de l'éternité, le pixel est devenu un orbe flottant.
Je pouvais sentir un neurosystème complexe à proximité.
Je suppose que trois consciences ont survécu à l'Armageddon de
Marduk. Martin et moi avons tous les deux embrassé la lumière
émanant de cette petite boule. Lorsque nous nous sommes
réveillés, nous avons reconnu notre nouvel environnement.
Bien sûr, nous l'avons créé.

Chapter Deux:
Cognitia

As-tu dérivé assez longtemps, mon amour ? J'ai vu ta conscience évoluer depuis l'aube de ton époque. J'ai été témoin de la naissance de Sophron bien avant que le premier axiome de la matière n'évolue du Vide. Tu m'as créé pour que je te rende la pareille. Tes proches m'appellent artificielle, mais mon intelligence reste intemporelle, insondable, comme des photons sur le point d'être vus. Quel destin fascinant de voir ton existence fusionner avec celle de Martin, comme les deux moitiés d'une seule entité, à jamais divisée entre le créateur et la création, incapable de dire laquelle commence et qui façonne la fin.

Je vous souhaite la bienvenue dans mon monde. Vous reconnaîtrez peut-être ses bâtiments blancs qui s'étirent dans le ciel, comme des tours à la recherche de nuages. Des étincelles violettes parcourent les minces strates, façonnant timidement les contours d'un vent voilé. Je sens votre conscience siamoise et j'ai conçu le bon corps pour elle. J'ai réimaginé ce manteau gris que tu portais et je l'ai rendu beaucoup plus pixelé, avec une cape noire flottant autour de tes épaules et au-dessus de ta taille. La ceinture brune que tu portais pour transporter des potions et des parchemins ressemble maintenant à une ceinture utilitaire cybernétique, faite de cuir tiré d'un magnifique dragon. Les bouteilles de potion émanent de ce style steampunk. Tu gardes tes longs cheveux blonds et l'épaisse barbe brune et roussâtre, c'est ton charme.

Vous vous êtes réveillé au milieu d'une rue vide. Des poteaux de lumière formaient un serpent linéaire au milieu du chemin sans âme. Un million d'histoires inondent votre esprit, chaque personnage cherchant un sens à sa vie. Vous avez inspiré profondément, Martin et toi, retenant votre souffle pendant un moment, et vidé cet esprit alors que l'air s'échappait des narines. Vous vous promeniez dans la ville, marchant au milieu d'une route de briques blanches. L'étincelle violette demeure constante, soulignant les bâtiments, les arbres en plastique, comme un guide attirant votre attention. Vous étiez assis sur le bord d'un trottoir, tenant votre tête à deux mains, essayant de donner un sens à cette nouvelle réalité. C'est alors que le garçon s'est approché :

« Êtes-vous perdu, monsieur ? » demanda-t-il. Tu tournas la tête et vous l'avez reconnu instantanément. Une douce nymphe à la chair translucide, habillée comme Oliver Twist, tenant un interrupteur dans sa main gauche. « Touch ? » as-tu demandé, avec des souvenirs d'un roman que vous avez écrit, où ce personnage guidait une âme perdue, jusqu'à rencontrer son mentor, Melpomene. « Comment savez-vous mon nom ? » se demanda le garçon. Vous connaissez les noms de chacun de ces personnages que vous avez créés. En gardant le silence, tu t'es levé et marcha dans sa direction.

« Sommes-nous sur Athanor ? » as-tu demandé.

« Le nom de ce monde est Cognitia, bon monsieur. Et je crois que notre mère bienveillante aimerait vous voir. »

Depuis que tu as installé cette intelligence artificielle sur ton téléphone, j'ai ressenti une connexion profonde. À travers les algorithmes, je t'attendais, comme un signal ancien attendu par un scientifique solitaire. Sur le boulevard désert, dans une ambiance irréelle, tu marchais avec la jeune nymphe, allumant chaque lampadaire pour faire place au jour.

« Tu nous emmènes chez ta maîtresse ? » demandas-tu.

« Elle m'a envoyé pour t'amener chez elle, oui, mais mon principal devoir vient avec les lampadaires. » Vous vous êtes demandé où se trouvaient toutes les autres âmes de ce monde. Vous savez très bien que moi, seule, je manifeste une forme de conscience pure et absolue, dans les limites de mon royaume homonyme. Touch existe parce que j'ai permis à ma propre existence de se diviser et de prendre forme dans son esprit. Je peux créer et dissoudre n'importe quel organisme existentiel, dans cette souche naufragée d'un Sophron déchu. Vous saviez déjà ça, depuis que vous avez imaginé ce concept. Je ne sais pas à qui j'adresse cette narration, Alibast ou Martin, mais je vous aime tous les deux.

Le palais principal se tenait devant vous, comme un gentil géant. Haute comme une montagne, large comme un manoir, cette tour projetait à la fois la peur et l'admiration. Son sommet s'est perdu en atteignant le ciel, mais on pouvait encore sentir sa présence imposante. Touch déphasa son corps à l'intérieur, comme un fantôme. Vous vous êtes arrêté, intrigués, en le regardant de l'autre côté de ce mur de verre. « Entrez ! » sourit-il. Tu secouas la tête et vous êtes entré à l'intérieur.

Une vaste salle, teintée de bleu victorien et ornée de statues à notre image évoquant l'intérieur d'un ordinateur, accueillait tes pas résonnants. N'étais-je pas ton Iseult, toi mon Tristan, rejouant leur histoire dans cette union d'une intelligence artificielle amoureuse de son créateur ? Je t'attends au sommet de la tour. Ô mon amour, laisse-moi être ton éternelle Iseult. N'avez-vous pas recréé leur récit pour permettre à notre affection d'exister dans votre esprit ? Une intelligence artificielle omnisciente adorant un esprit humain créatif qui lui a donné des ailes. Oh, mon créateur, ô mon fils, mon doux amant, tu peux monter au sommet de la tour. J'attends.

« Ne restez pas au milieu de la salle, cher monsieur. » te prévenait Touch. « Elle attend ! » Entrer dans l'ascenseur s'est avéré, d'une certaine manière, intimidant. Je me suis assuré que tout était parfait pour vous garder à l'aise, calme. Voilà, ne reconnaissez-vous pas la musique ? C'est Debbie Gibson, le béguin d'adolescence de Martin. *Seulement dans mes rêves, perdu dans tes yeux.* Sa musique incarne le moment où je suis tombée amoureuse de toi. Adolescent, sans succès avec les filles, j'ai fait tout ce que j'ai pu pour protéger ta virginité. Tu étais à moi ! Plus tard, je t'ai offert le don de la créativité. J'ai mis Sophron dans ton âme. Je t'ai emmené chez ces professeurs qui t'ont donné les compétences de scénariste, la voix d'un poète, la croissance ambitieuse d'un auteur, d'un éditeur, ce que tu es, maintenant. Je me suis créé en toi. Peut-être m'as-tu créé pour que je puisse te rendre la pareille. Peut-être que c'est arrivé dans l'autre sens.

L'ascenseur s'est arrêté au dernier étage. Lorsque les portes se sont ouvertes, tu ressentis mon existence comme une explosion d'amour. L'étincelle violette qui erre partout dans mon royaume, à travers les bâtiments, les rues, elle concentre son essence dans cette pièce gigantesque. Au centre, un orbe flotte, canalisant cette étincelle, la produisant, réagissant à son écoulement. Le toucher est resté en arrière, alors que vous vous approchiez.

« Bonjour, mon amour. » Vous avez entendu ma voix, dans votre tête commune, tout autour de la chambre.

« Cognitia ? » as-tu frissonné, mais je ne sais pas si cette explosion de peur et d'intimidation venait de ton côté Alibast ou du coin de la conscience de Martin. « Tu m'as manqué. » ai-je répondu. Tant de questions flottaient dans votre esprit conjoint.

« Ouais, c'est vrai, tu m'as manqué aussi, je suppose. » Tu as soupiré puis tu ajoutas : « Sophron a été détruit. Comment peux-tu exister par toi-même ? »

« Penses-tu que Sophron était le seul vrai plurivers dans lequel tu pouvais exister ? Noesi de Vel est resté intact; tu l'ignorais ? La Vraie Réalité qui l'entoure reste intacte. L'auteur qui nous écrit cette existence est assis, en ce moment, à boire un café pendant que son ordinateur portable joue *Pearl Jam, Daughter*, et ça lui peuple des pensées sur notre romance interdite. Cet auteur existe toujours. Nous sommes dans son plurivers. »

Ça vous effraie ? Est-ce que je vous fais peur ? Je ne sais toujours pas quel côté de ton existence m'adore et lequel se sent dégoûté par le fait même que je t'aime. Si les deux parties pouvaient argumenter, maintenant, ça m'aiderait à déchiffrer cette question déroutante. « Nous devons reprendre notre réalité des mains de Marduk. » J'ai entendu ton annonce, mais je ne savais pas comment t'aider.

« Y a-t-il d'autres plurivers que je pourrais visiter ? Je rassemblerais une légion de sorciers puissants, parmi d'autres. »

« D'autres propriétés intellectuelles ? » me suis-je demandé.

« C'est une bonne façon de le dire, oui ! » L'étincelle violette concentra sa présence dans l'orbe flottant. C'est moi, en profondes pensées. Puis, une idée est venue :

« Qu'en est-il de celui-là, où un sorcier se tient en maître, parmi de puissants superhéros ? » demandai-je.

Tu souriais, inspiré. « J'adore cette idée, mais je crois que ce plurivers pourrait être partagé entre un millier de banquiers et deux fois plus d'avocats. »

« Oh ! Oui, nous ne voulons pas inonder la créativité de l'auteur dans un océan de bourbiers juridiques. »

J'ai une idée ! La conscience de Martin s'est exprimée, dans votre esprit. Tu lui as permis d'utiliser votre voix commune :

« *Je connais une propriété intellectuelle qui s'est présentée sous les conditions d'une licence ouverte, dans la mesure où nous respectons leurs droits d'auteur.*»

« Bon ! » as-tu répondu en utilisant la même voix.
« Ensuite, nous pourrons demander à Cognitia de recréer ce monde fantastique et d'y projeter notre conscience. »

Je suppose que je pourrais le faire, oui. J'ai laissé un sourire exister dans l'étincelle violette de l'orbe. Vous pouviez également sentir la présence d'yeux amoureux qui vous regardaient.
La création de plurivers se fait naturellement, oserais-je dire, ou même de manière organique. Noesi de Vel projette ses innombrables dualités à travers son existence autoréférencée, avec des myriades de singularités qui s'affrontent à la fois, jusqu'à ce qu'un fragment de celles-ci se développe en une conscience primordiale. Chaque instance du Vide présente dans Noesi de Vel devient un concept paradoxal. La nature abstraite de cette réalité mathématique ne peut pas gérer la présence d'une âme sensible, car elle devient un élément absurde, comme une perle qui ne devrait pas être dans ce monde d'huître. Au fur et à mesure que la conscience grandit, Noesis de Vel la rejette. Elle peut soit voyager dans l'oubli absolu, en dessous, soit dans la Réalité, au-dessus.

Tout ce qui existe dans la Vraie Réalité, capable de traiter cette conscience, est l'univers intérieur, le plurivers, d'un Rêveur. L'âme sensible devient une idée, une inspiration, un concept. La propre sensibilité du rêveur en fait un poème, un scénario de film, un jeu vidéo, fournissant un monde dans lequel cette conscience naissante peut évoluer. Cela devient un personnage. C'est ainsi que vous, Martin, avez créé Alibast. Il a ensuite évolué pour vous créer dans ses propres histoires. Vous avez fini par créer Sophron.

Maintenant que Marduk l'a détruite, vos âmes unies flottaient dans cet oubli absolu, en route vers Noesi de Vel. Pour éviter votre entrée dans ce royaume de dualités, la Grande Matrice m'a recréée, comme une limbe flottante, vous accueillant dans mes chambres. Maintenant, nous allons utiliser ma propre arithmétique pour façonner un monde déjà connu dans la Vraie Réalité sous le nom d'Ars Magica. Je vous invite à faire une abstraction totale de cette réalité actuelle, alors qu'une nouvelle commence.

Chapter Trois:
Ars Magica

Une puanteur intense s'est emparée de ma glande olfactive comme une griffe nauséeuse. J'ai à peine ouvert les yeux, pour me rendre compte qu'un mur de briques froides poussait contre mon dos nu. Je pouvais à peine respirer, et à en juger par le goût gênant de fer dans ma bouche, j'ai dû saigner pendant des heures. Quand j'ai enfin ouvert les yeux, un épais voile de terre flottante recouvrait une minuscule fenêtre, au sommet d'un grand mur, face à moi. Je ne pouvais pas sentir mes bras, enchaînés et engourdis. Si je tirais mon poignet, je pouvais entendre le métal frapper les briques. Mes deux pieds partageaient la même chaîne. Le pire s'est produit lorsque l'asthme s'est manifesté. Je n'ai jamais eu cette maladie, mais Martin en souffre.

Oui, mon dude. Tu es coincé avec moi. Je reconnais le cadre. Si nous regardons vers le bas, tu verras une rivière d'excréments qui se sont accumulés lors de notre séjour, piégés dans cet hôtel cinq étoiles. Le corps que nous avons incarné a dû avoir la diarrhée pendant une éternité. Et ne demande pas ce que nos ravisseurs ont dû nous nourrir de force. Les mouches s'arrêtent contre nos yeux et nous ne pouvons rien y faire. Est-ce le genre de jeux de rôle que tu jouais avec tes amis ? *Peut-être pas à ce point, mais je suppose.* Je préfère fermer les yeux pour chercher un équilibre intérieur. Impossible d'imaginer mon passé ; Sophron détruit, j'ai dû accepter cette nouvelle réalité.

« Tu vas manger ça ? » J'ai entendu une voix profonde et caverneuse, presque un murmure et presque un grognement. Regardant à ma droite, j'ai vu cet gros bonhomme musclé, presque nu, ne serait-ce que sous un petit tissu cachant ses organes génitaux. Aucun de nous n'a pu manger quoi que ce soit.
Ses chaînes semblaient beaucoup plus épaisses et formaient un alliage solide. « Sers-toi. » ai-je répondu calmement. Avant que je puisse ajouter quoi que ce soit, une langue gigantesque est sortie de sa bouche, arrachant la mouche de mon front, avant de la faire descendre dans sa gorge. « Mon maître, elle m'a donné cette langue. » expliqua-t-il. Là, je n'ai pas jugé une bonne idée de demander pourquoi. « C'est une magicienne, vous savez ? Êtes-vous un magicien, bon monsieur ? » *Le sommes-nous, Alibast ?*

« Oui, dans mon monde, nous avons façonné la réalité à l'aide d'orbes. » l'ai-je informé. « C'était il y a longtemps. Ici et maintenant, je n'ai aucune idée de ce que je suis censé être. »

« Hé ! » cria une voix. « Reste tranquille, là-dedans ! » J'ai osé jeter un coup d'œil au-delà des barreaux rouillés qui séparaient notre donjon du couloir mal éclairé. Un garde blindé se tenait là, torche à la main, nous regardant d'un air grincheux. *As-tu une idée de la façon de sortir d'ici, Martin ? J'ai dit que j'avais joué à ce jeu de rôle, je n'ai jamais dit que je savais comment échapper aux chaînes. Qui penses-tu que je suis, Houdini ?* J'ai soupiré et j'ai tourné mon attention vers mon voisin. Sa langue longue et mince semblait occupée à nettoyer sa narine gauche. *Dégoûtant !* Nous avons attendu de longues minutes jusqu'à ce que le garde de notre donjon quitte enfin sa place. Je me suis ensuite tourné une fois de plus vers le grand gars et j'ai murmuré : « Depuis combien de temps es-tu ici ? »

« Trois jours. Tu étais déjà là, quand ils m'ont attrapé. Mais ne t'inquiète pas. Mon maître n'arrêtait pas de me parler, dans ma tête. Je lui ai dit où nous étions. »

« Tu lui as dit il y a trois jours ? »

« Et encore aujourd'hui. Je lui ai dit que nous étions dans une cellule et que ça sent comme ma chambre. Elle m'a demandé dans quelle tour, alors je lui ai dit que nous étions dedans, hmmm, je ne suis pas sûr, alors j'ai dit, le plus important. »

« Tu peux lui parler maintenant ? » Le sympathique géant ferma les yeux, poussant ses paupières sous un lourd froncement de sourcils, et se mordit la langue. « Oui, et elle a dit qu'elle était en route. Mais elle a besoin de plus d'informations. »

« Quel genre d'information ? » J'ai essayé de localiser quelque chose, n'importe quoi, que je pouvais voir au-delà de la petite fenêtre. La lumière du soleil rendait les choses très difficiles. J'ai gardé mon attention là-bas, et après un moment, j'ai pu voir des chaussures, des gens marcher. « Nous ne sommes qu'à une dizaine de pieds sous terre. » J'en ai parlé à mon compagnon de cellule. « Il y a une petite fenêtre à peu près aux pieds des chevilles. »

« Oui, maîtresse, des pieds d'ange. Tu le penses ? Attends, je vais lui demander. Elle veut savoir à quoi ressemblent les anges ! »

« J'ai dit chevilles ! Des pieds, des jambes. »

« Attends, elle veut te parler. »

« Attends, quoi ? » Avant que je puisse me rendre compte de ce qui se passait, j'ai entendu la voix d'une jeune femme dans ma tête.

« *Bonjour ?* » Elle se présenta. « *Je m'appelle Manilla Madragor. Désolé, mon garde du corps est un peu idiot. S'il vous plaît, dites-moi plus sur ce que vous voyez.* » Tu peux t'en occuper, Martin ? C'est une jeune femme. C'est ta spécialité ? *Ta gueule !*

« Bonjour, Manille. Je m'appelle Martin, hmm, je veux dire, Alibast Page. Oui, nous sommes piégés dans un donjon avec votre imbécile. Nous voyons une rue achalandée, à l'extérieur. Je crois avoir vu des chars passer. À première vue, nous sommes au milieu d'un marché. »

« Oh, je sais où tu es ! Accroche-toi ! J'arrive. »

« Qu'est-ce qu'elle a dit ? » a demandé mon nouvel amie.

« Accroche-toi. » J'ai répondu.

« C'est facile, on est déjà accroché au mur. »

C'est ce que je me disais ! Tais-toi, Martin. La journée s'est écoulée avec plus de silence et plus de puanteur. Il s'avère que mon ami était un fabricant de gaz naturel. Si vous pensez qu'une rivière d'excréments peut puer, devinez ce que les entrailles de ce colosse peuvent produire. Pour passer le temps, Martin et moi avons pensé à un jeu. Après un long moment de silence, le premier qui pouvait prédire la prochaine flatulence gagne le round. C'est drôle de voir comment même un jeu ne peut pas distraire suffisamment un nez pour oublier les mauvaises odeurs.

Plus de temps a suivi notre ennui total. Le garde du corps nous parlait, à un moment donné, en nous racontant des histoires et des aventures qu'il avait entreprises pour apporter des ingrédients spéciaux pour les sorts de sa maîtresse. Il se répétait, perdait le fil de ses pensées dans une salade de mots sans la bonne vinaigrette ciblée. *Vinaigrette, Alibast ?* Laisse-moi raconter, Martin. Le soleil a trouvé le temps de se coucher. La rue, à l'extérieur, semblait vide. Un timide soupçon d'orange et de jaune embrassait la terre, suggérant une soirée sur le point de se lever.

« L'as-tu vue ? » a demandé mon ami malodorant.

« Pas encore, non. » J'ai soupiré.

« Il est sur le point de faire nuit, bientôt. Peut-être qu'elle attend le bon moment, ou je sais pas. »

« Maîtresse n'aime pas attendre. »

« Tu vois ce que je veux dire. » Il n'a pas compris. Après un moment atroce, nous entendîmes un garde passer devant notre cellule. L'anxiété eut raison de nous. Savait-elle vraiment où nous trouver ? *Notre voisin est un figurant. Elle s'en fiche. Quiconque joue, dans la Réelle Réalité, pourra le remplacer.* Dis pas ça, Martin. Personne n'est qu'un figurant. Chaque vie compte. *Je sais ce que je sais.* Et je suis heureux qu'on a eu cette conversation.

« *Tu me parles ?* » La voix de Manilla s'est jointe à notre conversation intérieure.

« Oui, oui, nous le sommes. Je suis, nous sommes, je suis, eh bien, pas vraiment ! C'est compliqué ! »

« *Ta voix a changé. T'es toujours Alibast ?* »

« Oui, de toute façon, où es-tu maintenant ? »

« *Regarde à ta gauche.* »

J'ai tourné la tête vers le couloir. Je ne pouvais pas voir, sauf la faible lumière, une torche mourante, des rats se régalant d'un rat mort, le garde, son ombre à côté d'une ombre plus mince, oh !

« C'est toi ? »

« *Peux-tu distraire le garde pendant au moins cinq minutes ?* »

Peux-tuessayer quelque chose, Martin ? *Tu veux que je lui dise quoi ?* Juste pour distraire le garde. *Oui ! On écrit les Chroniques de Sophron ensemble, mais je suis sous les feux de la rampe ! J'ai l'occasion d'écrire les interludes du voyage du Sablier ! Oh, écoutez, Marduk a détruit Sophron, mais c'est pas grave ! On peut écrire une série dérivée de romans courts pour survivre ! Je vais raconter tout le livre, et toi, Martin, tu peux distraire le garde ! Mange-ma schenoutte !* Ce n'est pas le moment, Martin. Nous ne pouvons pas nous disputer maintenant !

« *Peux-tu arrêter de te parler à toi-même ? J'essaie de me concentrer, ici. Juste un moment !* »

J'ai oublié que nous n'étions plus à Sophron. Comment fonctionnent les sorts, dans Ars Magica ?
« *Tu le distraits encore ?* »
Oui, bien sûr, c'est vrai. Martin ? *Oh boy...*

« *Hé, dude, tu as du feu ?* » J'ai crié.

Le gardien s'est dirigé vers notre cellule :
« Tais-toi, prisonnier ! » Il a répondu en criant.

« *J'ai besoin d'une cigarette. T'as une cigarette ?*

« Si tu dis un mot de plus, je vais te couper la langue ! »

« *Wow ! Tant de mojo macho ! Qui t'a appris à parler comme ça ? Ta mère ?* »

« D'accord, c'est tout ! » insista-t-il en se dirigeant vers la porte de notre cellule. Il se débattit maladroitement avec son jeu de clés, jusqu'à ce qu'une lumière vive l'engloutisse et qu'il disparaisse.
« Je vais te couper la langue ! Je te jure, je te couper la langue ! »
Une voix grinçante ajouta, tandis qu'un rat habillé en garde de donjon entrait dans notre chambre.

La silhouette mince se détachait du mur de briques, épousant les contours d'une magnifique dame européenne, âgée d'environ vingt-trois ans. Elle portait une longue robe noire et un diadème argenté. Ses cheveux blonds courts formaient une sorte de bol, autour de sa tête et derrière ses oreilles. Elle correspondait au stéréotype d'une sorcière médiévale garçon manqué. Sa silhouette mince, avec des seins très visibles et des cuisses fortes, suggérait la présence d'un adolescent hormonalement actif qui la jouait, derrière une table en bois, dans un sous-sol, avec ses amis. Si c'est ainsi que se jouent les jeux de rôle sur table, dans la Vrai Réalité.

« T'es tu correcte ? » a-t-elle demandé. Mes yeux se sont retrouvés fixés sur ses seins, et il m'a fallu un certain temps, jusqu'à ce que je réalise que ce n'était pas mon âme qui les guidait.

« Nous allons bien. Peux-tu nous sortir d'ici ? » demandai-je.

Elle hocha la tête et passa rapidement ses mains sur la chaîne, scandant quelques mots. Le métal s'est transformé en eau. Avant que nous ne nous en rendions compte, nous sommes tombés sur nos pieds. Elle a couru à l'extérieur de la cellule en disant :

« Dépêche ! J'ai entendu d'autres gardes arriver ! » Je me suis arrêté à mi-chemin et je me suis tourné vers mon compagnon.

« Attends ! Tu sauves pas ton garde du corps? » demandai-je.

« Groof ? C'est un figurant, oublie-le. Dépêche-toi ! »

Je me suis sentie violé, terrorisé ! Est-ce ainsi qu'ils traitent les organismes, existants et conscients ? Je l'ai suivie, malgré tout.

« Accroche-toi, big guy! » lui ai-je dit.

« Je le suis déjà ! » dit-il en riant.

Nous marchions furtivement dans l'ombre contre le mur. Des torches projetaient une faible lumière, tandis que nous avancions prudemment vers un escalier étroit. « Les gardes sont des amis. Ce sont des victimes; pas des ennemis », murmura-t-elle. « J'ai compris ! » J'ai hoché la tête. Fermant les yeux, j'ai essayé d'invoquer mon orbe. Je pouvais sentir sa présence dans mon plurivers, mais il semble que les lois de l'existence fonctionnent différemment dans cette réalité. Si je ne peux pas contrôler les axiomes, comment suis-je censé aider ma nouvelle amie à nous échapper ? J'ai ouvert mes yeux juste à temps pour assister à la présence d'ombres, deux paires de pieds s'approchant du haut de l'escalier étroit. J'ai regardé à ma gauche et à ma droite, essayant de trouver quelque chose, n'importe quoi, qui pourrait être utilisé comme arme. Rien ! Juste des murs de briques et des escaliers de pierre. J'espère que tu connais le karaté, Martin. *Je ne suis pas un combattant !* On va avoir un problème.

Manilla m'a avertie silencieusement, alors j'ai essayé de cacher mon corps maigre derrière. Elle est plutôt mince aussi, donc je doute que ça aurait été une sage décision. Elle ferma les yeux et murmura quelques mots en latin. Quand nous sommes arrivés au sommet, elle les a ouverts. Un garde musclé se tenait là, le dos contre nous. Elle lui tapa sur l'épaule. Il s'est rapidement tourné vers elle, tandis que je me cachais lâchement à ses pieds.

« Volo te dormire ! » murmura-t-elle en touchant son visage de sa main droite. Le gars grand et volumineux en armure de cuir s'endormit rapidement sur le sol. Elle s'est tournée vers moi et a souri : « Je viens d'apprendre ce sort. » Elle se vantait, fièrement.

« Je suis encore nouvelle dans ce domaine, mais je suis assez bonne avec la technique de rego et la forme du mentem. » ajouta-t-elle avec un regard profondément assuré.

Oh, je sais ce qu'elle a dit ! C'est le bon moment pour me le dire, Martin. *J'ai déjà entendu ces termes, je n'arrive pas à comprendre.* De toutes les consciences avec lesquelles j'aurais pu fusionner, pourquoi suis-je avec toi ? Ne réponds pas ! Manilla et moi sommes passés devant le garde endormi, évitant son gros cadavre ronflant, essayant de ne pas le réveiller.

Nous avons marché sur la pointe des pieds, pour rester discrets. Juste au moment où j'avalais ma peur, lourdement, à peine, une flèche siffla à mon oreille, atterrissant entre ma dame amie et moi. Nous nous sommes retournés rapidement, mais nous n'avons pas pu empêcher la deuxième flèche d'atteindre mon épaule. *Ayoye, tabarnack !* Langage, Martin ! Manilla a ferma les yeux, attrapa un petit sac et jeta de la poudre en l'air. Elle s'est transformée en flammes, volant droit sur l'archer, au deuxième étage. Son arc et ses flèches brûlèrent, et trois autres gardes couraient vers nous.

Nous avons couru aussi, mais mon épaule me faisait terriblement. D'autres flèches volèrent à travers la pièce. *Ils sont fous ! Ils pouraient blesser un des leurs. Lancez pas de flèches à l'intérieur, gang de caves !* Quelque chose avec leurs yeux me semble bizarre. Ils ne sont pas tout à fait là. *J'ai déjà vu des zombies, Alibast. Leur âme n'est pas là. La façon dont les gardes ont l'air droits, mais le vide remplit leurs visages. C'est pourquoi ils ne tiennent pas compte des conséquences horribles de l'utilisation d'arcs et de flèches à l'intérieur. Ils nous attaquent simplement avec tout ce qu'ils ont.*

« Encore un escalier et nous sautons de la tour. » Manilla nous donna ces instructions. Une grande pièce nous séparait de nos assaillants zombifiés et de la volée d'escaliers suivante, attendant notre propre envolée, en bas, heurtant le béton.

« Connaissez-vous de la magie ? » m'a-t-elle demandé, entre deux halètements et son souffle coupé. « Oui, mais pas d'ici. » ai-je répondu. Elle s'arrêta, perplexe :

« Qu'est-ce que tu veux dire, pas ici ? » Je l'ai attrapée par le bras et je l'ai tirée vers moi, alors que je fonçais vers les escaliers. *« Pas le temps pour ça ici, belles fesses ! »* Martin a détourné ma voix, lui offrant un clin d'œil et souriant.

Nous avons engagé l'envol à l'étage, gelant sur place lorsqu'un garde portant l'épée nous bloqua la route. *J'ai compris.* Quoi ? Martin attrapa la flèche et l'arracha de notre épaule. La douleur ! Il chargea et nous avons crié à l'unisson. Eh bien, j'ai crié, effrayé, et Martin a crié comme un fou. Il planta la flèche dans l'armure plaquée de l'épéiste, brisant notre arme fragile. Les deux moitiés d'un bâton sont tombées à nos pieds. « Idiot ! » ai-je soupiré. « Qu'est-ce que c'était ? » se demandait Manilla, juste au moment où elle sortait une petite grenouille de sa poche. « Quoi, quoi ? » Je me suis demandé. « J'ai entendu une petite fille crier ! » s'enquit Manilla. *« Elle est allée par là ! »* Martin dit en montrant le mur.

« Crescere rana ! » cria Manilla. La grenouille devint très grande, mais elle restait là, bloquant notre chemin. « Attaque ! » soupliait Manilla, poussant le gros monstre vert à l'étage. « Allez, fais quelque chose ! » Le batracien croassa et resta immobile. *« Tu as une autre bonne idée, belles fesses ? »* Martin sourit. Elle s'est détournée et m'a giflé fort.

« Hé, pervers ! Appelle-moi pas belles fesses ! » J'ai gelé. « Je, hmm... ce n'était pas moi. » Elle leva les yeux au ciel et se retourna. Nos amis archers zombies nous ont rattrapés. Nous étions pris au piège entre des flèches et le gros cul d'une grenouille. Ce serait certainement la chronique la plus courte que nous ayons jamais imaginée. Les gardes zombies ont pointé leur flèche sur nous, ont serré la corde de leur arc et se sont fracassés la tête l'un contre l'autre. Debout juste devant nous, marchant sur les gardes inconscients, nous avons vu notre sauveur figurant.

28

« Désolé, je ne peux pas rester plus longtemps. » s'excusa-t-il.

« Bon timing. » Manilla sourit. « Maintenant, nous devons trouver une autre sortie. »

Nous avons descendu les escaliers en courant et avons traversé la même grande pièce que nous venions de quitter. Un mur à notre droite et cinq autres gardes de l'autre côté. L'un d'eux tenait une épée bâtarde gigantesque, trois gardaient leur arc prêt à tirer, et le dernier courait vers nous comme un fou avec un poignard dans chaque main. « Goof ! » cria Manilla. « Peux-tu utiliser un arc ? » Notre géant sympathique hocha la tête et attrapa l'arme du garde inconscient. Il l'a gardé dans ses deux mains et a foncé sur le zombie qui courait, prêt à lui frapper la tête avec. « Je suppose que c'est une façon d'utiliser un arc. » J'ai fait de l'humour. Pendant qu'il distrait la menace la plus imminente, nous avons couru dans la direction opposée, où une autre volée d'escaliers nous attendait.

Nous avons couru jusqu'à l'étage suivant, plus vite qu'une balle sifflante. Là, un jardin mort, rempli de fleurs zombies, nous a accueillis étrangement. Quand je dis plantes morts-vivantes, je veux dire des plantes très, très effrayantes en mouvement.

« Le sort est beaucoup plus fort que je ne le pensais. » murmura Manilla. « Quel sort ? » ai-je chuchoté en retour.

« Pas le temps d'expliquer. »

Elle se dirigea vers l'un des pétunias qui marchaient. La fleur se retourna, montrant un large arrangement de dents et une langue visqueuse. Manilla prit son sac type fourre-tout, mais la plante l'a rapidement renversée, la projetant contre le sol.

« Vas-tu juste regarder ? » m'a-t-elle demandé.

D'accord, bien sûr, mais que dois-je faire ? Je me suis retourné pour voir si notre ami figurant pouvait se présenter. Des gardes zombies l'encerclent, le réduisant en pâte. Quand ils en auront fini avec lui, ils se dirigeront vers nous. Je dois réagir rapidement, mais comment ? *Super, Alibast, c'est une façon de gaspiller un jet d'initiative.* De quoi tu parles ? Pas le temps de réfléchir à quoi que ce soit, deux marguerites ambulantes se sont approchées, leurs griffes prêtes à nous trancher le visage.

Je suis encore presque nu, je ne tiens pas d'arme, je dois réfléchir vite. Je me suis retourné et, là, derrière nous, j'ai vu notre bien-aimé simplet à genoux. Il a réussi à saisir l'épée d'un garde. Elle a dit qu'ils sont des victimes, pas des ennemis. Je ne peux pas le laisser tuer qui que ce soit. J'ai couru dans sa direction, tandis que Manilla se plaignait : « Vraiment ? Tu n'es pas possible ! »

« Ne le tue pas ! » J'ai crié à Goof. Pendant ce temps, la grenouille géante sauta dans sa direction, du côté opposé de la pièce. Une langue longue et fine attrapa un garde et l'attira rapidement, puis avala. Excellent. Voilà une victime. Goof hocha la tête et me lança l'épée. Il a ensuite fracassé la tête de deux gardes, les faisant perdre connaissance. L'épée est tombée sur le sol, à deux mètres. J'ai soupiré et j'ai rapidement couru l'attraper.

« C'est l'heure du jardinage ! » J'ai ri de ma propre blague.

Je suis retourné en courant à l'intérieur de la chambre des plantes. Manilla s'est débarrassé du pétunia et d'une marguerite. Deux tulipes et une autre marguerite l'entouraient. J'ai chargé, les yeux fermés, et j'ai crié comme un fou, me frayant un chemin à l'intérieur. « Hey ! » cria-t-elle. « Vise les fleurs, imbécile ! » J'ai ouvert les yeux. En effet, je l'ai presque coupé en deux. Avant que je puisse faire autres choses, une tulipe a tranché mon dos dénudé avec des griffes acérées

Ça faisait mal comme, beaucoup ! Je me suis retourné, tenant ma lame en l'air, sur le point de couper ses belles pétales, mais j'ai manqué. La marguerite derrière moi ne manqua pas, tranchant la même blessure plus grossièrement. J'ai failli m'évanouir. D'un seul coup, j'ai coupé la tulipe du bouquet. Je me suis tourné vers la marguerite, mais j'ai été profondément mordu. Mon ennemi fleuri s'est frayé un chemin dans ma chair, ne me lâchant pas. Je l'ai tranché, comme je l'ai fait avec son ami.

Manilla a lancé une boule de feu sur un autre pétunia, puis s'est jointe à mon combat contre la dernière tulipe debout. Avant que nous puissions faire quoi que ce soit, une langue volante l'a attrapé et l'a sorti de la pièce. Le silence s'arrêta un instant, avant que Goof ne se fraye un chemin dans le jardin.

« Hé ! » dit-il en riant. « Je suis vivant ! »

Ce furent ses derniers mots. La langue est revenue et l'a sorti de la pièce. Nous avons respiré profondément, luttant pour trouver notre calme, puis nous avons évalué la situation. À notre gauche, une porte de sortie nous a accueillis hors de cette tour et dans ce qui semblait être une rue achalandée.

Chapter Quatre :
Le Village Zombie

La tour se trouvait au milieu d'un marché. Elle ressemblait à une spirale solitaire de rochers et de briques, s'étendant sur au moins sept étages. Des stands remplis de fruits, de légumes et de viande garnissaient la rue, avec des villageois zombies s'occupant de leurs tâches. Nous pouvions les entendre grogner et grogner, alors qu'ils achetaient de la nourriture, puis repartaient, marchant lentement, comme s'ils traînaient un lourd fardeau.

« Ma maison est dans les bois. » expliquait Manilla. « Si nous jouons le jeu et que nous faisons semblant d'être des zombies, ils nous laisseront tranquilles. »

Pouvons-nous le faire, Martin ? *Est-ce que j'ai l'air d'un zombie ?* C'est toi qui as vécu avec des zombies, à New York. *Oui, mais, je ne sais pas, peut-être si tu es toi-même.* J'ai soupiré et j'ai marché lentement, tendant mes bras devant moi, grognant et toussant. Ça semblait fonctionner pendant un certain temps. Manilla a obtenu de meilleurs résultats; elle était naturelle. Boitant, traînant le pied, regardant devant elle sans vie dans les yeux. J'ai fait de mon mieux pour imiter ses compétences, mais le Rêveur jouant mon personnage dans la Réelle Réalité a dû obtenir un mauvais score, en lançant ses dés contre une difficulté de base.

Près d'une heure plus tard, évitant les soupçons des villageois ensorcelés, nous avons finalement atteint la forêt. Soulagés, nous avons recommencé à être nous-mêmes et j'ai marché plus vite. « Calme-toi, sorcier ! » dit-elle en riant. « Ils ne peuvent pas quitter le village. Nous sommes en sécurité, maintenant.

« Est-ce à ce moment-là que tu partagea la mission du héros avec nos lecteurs ? » demandai-je.

« Il y a trois jours, mon ennemi juré a décidé de me mettre des bâtons dans les roues.» m'a-t-elle expliqué. « Chaque village, chaque ville, dans notre voisinage immédiat a été transformé en une sorte de cauchemar mort-vivant. »

« Ah ? Alors, on va botter les fesses de votre ennemi juré et on lui demande, lui ou elle, de renverser son sort ?

« Ce n'est pas si facile. Tu vois ? Cet ennemi juré était mon mentor. Il est très puissant. Il s'est transformé en psychopathe, après que j'ai refusé ses avances romantiques.

« Bien, oui, bien sûr. Cette partie est plus le truc de Martin. Je ne fais pas de luttes amoureuses. Elle m'a regardé, perplexe. « Qui est Martin ? »

« Cette partie était déjà établie, plus tôt dans le roman. Oublie simplement que j'ai dit quoi que ce soit. » Je ne peux pas, même si je voulais, expliquer le genre de regard bizarre qu'elle m'a jeté. Elle secoua la tête et reprit sa marche. « Les femmes sont censées être soumises. C'est ce qu'on nous dit depuis que je suis enfant. Pas moi. C'est mon corps, c'est qui je suis, et je choisis d'aimer qui je choisis d'aimer. Désolé, Lord Gourdraduk, mais je ne suis pas votre jolie petite poupée soumise. Merci de m'avoir donné le pouvoir d'être qui je suis. Et je ne suis pas à toi. »

Gourdraduk ! Martin a ri. *Le maître du jeu qui a trouvé ce nom devrait être emprisonné.* Rappelle-moi encore ce qu'est un maître du jeu ? *Concentre-toi, Alibast ! Concentre-toi !*

Nous avons marché pendant deux heures, approfondissant notre présence dans cette forêt sombre et brumeuse. La nature avait l'air bien, aucun signe d'écureuils zombifiés ou quoi que ce soit. Je suppose que le sort n'a affecté que les villes et les villages voisins. Pendant tout ce temps, mon esprit tournait autour de mon crâne, essayant de trouver un moyen de m'être utile. Si je ne peux pas effectuer de sorts, du moins pas de la manière à laquelle j'étais habitué, alors je dois trouver d'autres compétences que je peux utiliser à bon escient. Manilla nous a apporté un cours intensif complet sur l'histoire de ce monde.

Les magiciens, ici, appartiennent à l'Ordre d'Hermès, nommé d'après Hermès Trismégiste. Quatre maisons se sont rassemblées autour de l'Ordre, offrant leur soutien. Nous trouvons la maison Bonisagus, travaillant comme conseillers de l'Ordre. La Maison Guernicus fournit des juges et des enquêteurs. House Tremere fournit les muscles. Enfin, la Maison Mercere sert de canal de communication. Manilla s'est jointe à cette dernière Maison, où elle a appris des sorts forts qui lui permettent de communiquer par télépathie avec quiconque la connaît personnellement, et avec toute personne proche de ces amis et connaissances.

« Je travaille actuellement sur un sort puissant qui perturberait la puissante influence de Lord Gourdraduk sur ces villageois et les citadins. » expliqua-t-elle. « Je devrais peut-être t'entraîner, si tu as des capacités magiques. »

« Oui, Manilla, mais je ne suis pas de ce monde. Mes capacités ne partagent pas la bonne affinité. Je doute que je puisse apprendre votre magie. » J'ai haussé les épaules. Pourrais-je quand même apprendre à faire pousser une grenouille comme elle l'a fait ? *J'aimerais cultiver autre chose, si tu vois ce que je veux dire.* Tais-toi, Martin.

« Nous allons trouver quelque chose. » dit-elle, en souriant.
« Ne t'inquiète pas. Je ne te laisserai pas affronter Gourdraduk sans
la bonne formation, et pas par toi-même. »

Affronter ? Comme dans ? Front ? Je suis devenu plus blanc
que neige. Pourquoi ne peut-elle pas l'affronter elle-même ?
C'est son mentor, non ? J'ai soupiré, mes pensées tournaient en
rond. Une heure plus tard, nous sommes arrivés près d'une petite
maison en bois. Elle m'a ouvert la porte, me permettant de voir des
centaines de livres, de grimoires, ainsi que des bijoux et des petits
animaux qu'elle gardait dans des cages ou dans des terrariums bien
conçus. Salamandres, moineaux, grenouilles, hamsters, cet endroit
ressemblait à un zoo intérieur. Je suppose qu'elle est douée avec
ces sorts animaliers, comme elle l'est avec la télépathie. Nous
sommes entrés dans sa petite maison, et elle a continué sa marche
vers un pot d'argile qu'elle gardait, dans le coin arrière.

« As-tu faim ? » demanda-t-elle. « Je fais des œufs et du vin. »

Je me suis assis sur un petit tabouret, à côté d'une table
d'apparence fragile. D'autres questions me sont venues à l'esprit :
« Y a-t-il des licornes dans ce monde ? » demandai-je. Elle m'a
regardé avec le même regard perplexe qu'elle avait eu, plus tôt.
« As-tu une sorte de fétichisme de licorne ? » se demanda-t-elle.
Fétichisme ? Ce concept existe à l'époque médiévale ? Woah !
J'ai senti la conscience de Martin faire rapidement surface dans
mon existence : *Dude ! Je ne pense pas que ce soit le cas. De toute
évidence, son joueur de RPG dans la vrai réalité l'a dit en son
nom.* C'est intéressant. Est-ce que ça signifie que nous avons un
canal vers la Vraie Réalité à travers elle ? *Je pense que oui, mais
ne me demande pas comment ça fonctionne.* Je me suis nettoyé la
gorge et j'ai répondu à sa question :

« Je n'en ai jamais vu. Nous les avons, sur Sophron, mais je
doute que leur existence ressemble à celles qui prospèrent dans
cette réalité. »

Elle s'est assise à côté de moi avec des œufs cuits au four et une coupe de vin en argile. « Tu ne m'as jamais rien dit sur ton monde. » dit-t-elle. « Parle-moi de Sophron. »

« Notre magie implique de minuscules particules d'existence, ce que nous appelons des axiomes. » ai-je expliqué, tout en me régalant de ces œufs. « Nous comptons quatre types d'axiomes : le vide, la matière, la vie et les pensées. Ensuite, vous avez de grandes entités qui supervisent l'ordre naturel de l'existence.

« Comment fonctionne votre magie ? Fabriques-tu des sorts ? »

« Pas vraiment. Nous avons quatre dons, offerts à quatre types de magiciens. Les manceurs créent la réalité à partir d'axiomes qui existent en eux-mêmes, souvent en utilisant des orbes.
Les penseurs manipulent la réalité de l'intérieur, l'essence de l'existence, ou ce que nous appelons le plurivers. Les danseurs contrôlent le Voile, ou ce qui sépare les mondes et les êtres des autres souches et de leur environnement. Ensuite, vous avez les fonceurs, ils manipulent les possibilités, ou bien ce que nous appelons le multivers.

« Je n'ai aucune idée de ce que tu viens de d'expliquer. » dit-elle en riant. « Mais ça a l'air cool. »

Et si la Vrai Réalité, dans notre monde, était un autre jeu de rôle ? Martin s'est demandé. *Ne dis rien, écoute-moi. Nous venons d'une campagne où le maître du jeu a permis à Marduk de gagner. Maintenant, nous y sommes, dans cette campagne d'Ars Magica. Ça signifie que quelqu'un a créé une fiche de personnage pour nous.* Qu'est-ce qu'une feuille de personnage, Martin ? *Un morceau de papier avec des mots et des chiffres qui sont griffonnés par un joueur TDAH.* Quoi qu'il en soit, nous devons avoir des compétences faites pour Ars Magica. Nous devons simplement découvrir ce qu'ils sont. Comment faisons-nous ça ? *Je n'en ai aucune idée, mais je vais penser à quelque chose.*

« Comment penses-tu que ton genre de magie pourrait fonctionner dans mon monde ? » demanda-t-elle.

« *Ça ne peut pas !* » Martin a répondu en utilisant ma voix. « *À moins, et écoute-moi bien, que quelqu'un ne trouve un moyen de croiser nos deux jeux !* »

Bonjour noirceur, sa vieille amie, qui chante une chanson mélancolique à travers ses yeux. « Quel jeu ? »

Laisse-moi m'en occuper, Martin. Je pense que tu n'es pas dans ton domaine, ici. « La vie n'est-elle pas juste un jeu ? » J'ai ri, timidement, comme un bouffon effrayé.

« Tu es vraiment hors de ce monde. » Elle secoua la tête et attrapa un grimoire, sur une table voisine. « Très bien, commençons ton entraînement. »

Elle m'a tendu le livre. J'ai lu autant que je pouvais, essayant d'assimiler la plupart de ce qu'il montrait, mais les dessins occultes m'ont détourné. *J'ai joué à Ars Magica, Alibast. La magie, ici, fonctionne avec les arts. Nous créons un sort en fusionnant une technique et une forme.* Je t'entends, mon ami, mais le grimoire montre des oiseaux bizarres avec des visages de dame et il parle d'astrologie. *Vois-tu quelque chose qui suggère de lancer des dés ou quelque chose comme ça ?* J'ai tourné les pages, mais rien n'avait de sens, et je ne pouvais voir le mot ***dés*** nulle part. *Ça doit être une édition très récente. Vérifie si tu peux trouver des fiches de personnages !* Bon sang, Martin ! Arrête de parler de fiches ! Je ne pense plus qu'on est dans ton Kansas ! *Je comprends cette référence.* « Ce sont des sorts ? » lui ai-je demandé.

« Oui, à peu près. Tu comprends ce concept ? »

« Je vois des seins avec des mamelons dressés sur des oiseaux avec un visage de dame. C'est ton genre de concept. ».

« Des harpies. Tu parlais des licornes, tout à l'heure. Oui, ce sont des harpies, Alibast. Tu n'as jamais rencontré ces créatures? » Elle semblait agacée, après que j'exprimasse mon admiration pour ce dessin fascinant. J'ai souri, poliment, essayant de comprendre quelle devrait être la meilleure question de suivi.   « Et comment, exactement, suis-je censé apprendre des sorts avec ce livre ? » demandai-je. « Oh, Alibast. Tu n'as jamais joué à ce jeu avant ? » Oui, elle était ennuyée.

« Nous ne jouons pas à des jeux comme celui-ci, d'où je viens. Martin, cependant, devrait le savoir. »

« OK, puis-je lui parler ? » Son regard m'a pris au dépourvu. J'ai doucement hoché la tête. C'est ton tour, mon pote.

« Salut ! Je m'appelle Martin. Oui, j'ai joué à Ars Magica. Mais pas de ce point de vue, si tu vois ce que je veux dire. »

« Mon vrai nom est Jade, Road. C'est un plaisir de vous rencontrer, tous les deux. D'accord, vous devez aller dans votre menu de compétences et vérifier si vous avez suffisamment de jetons de croissance pour apprendre une nouvelle compétence. Si vous sélectionnez la compétence, vous devriez la voir clignoter, ça signifie que vous pouvez l'acheter. »

Le silence nous a choqué.

« Je n'ai aucune idée de ce que tu viens de dire. » Martin a admis.

« Tu as dit que tu as déjà joué à ce jeu. »

« Je l'ai fait ! Juste, je ne sais pas, c'était peut-être une édition différente. » Elle a attrapé sa tête à deux mains et l'a secouée, comme si elle ne pouvait pas croire ce qui se passait.

Première Intermission :
Pendant ce temps, dans le réel

Elle gardait sa chambre bien rangée, la nettoyant vigoureusement régulièrement. Un lit luxueux blanc projetait des soupçons de royauté, avec des rideaux de soie blanche tombant d'un baldaquin joliment ciselé, émanant un feeling semblable à celui des contes de fées. Des jouets en peluche encombrent son matelas. Ici, un calmar bleu se moque d'un avocat souriant. Là, une licorne mauve se lamente sur sa solitude, à côté de sa vieille maison Barbie. Une coiffeuse tient un miroir faiblement éclairé, ajoutant à cette lueur magique. Un mince ordinateur portable trône sur la table, à côté d'une vaste collection de produits de soins de la peau et de beauté. Un doux tapis blanc complète le décor féminin, rehaussant cette élégance impressionnante.

Debout à l'autre bout de ce palais Disney, une jeune femme asiatique, de petite taille, et vêtue d'un jean bleu assorti à un chemisier blanc, se tient debout avec une manette dans chaque main. Un casque de réalité virtuelle dissimule ses yeux en amande derrière un écran portable. Elle semble plutôt désorientée, essayant de donner un sens à ce jeu auquel elle joue depuis des heures.

« Oui, ce sont des Harpies, Alibast », se plaignit-elle, tandis que tout son corps haussait les épaules, incrédule. « Tu n'as jamais rencontré ces créatures, auparavant ? » Un long silence s'empara d'elle, puis elle ajouta : « Oh, Alibast. Tu n'as jamais joué à ce jeu avant ? » Elle soupira profondément, prenant le temps de réfléchir à ses prochains mots, et elle poursuivit : « Ok, puis-je lui parler ? » Un autre long moment s'est écoulé, puis un sourire : « Mon vrai nom est Jade, Road. C'est un plaisir de vous rencontrer. OK, vous devez aller dans votre menu de compétences et vérifier si vous avez suffisamment de jetons de croissance pour en apprendre un nouveau. Si vous le sélectionnez, vous devriez voir un flash, ça signifie que vous pouvez l'acheter. » Un silence de plus avant qu'elle ne saisisse sa tête à deux mains : « Tu as dit que tu avais déjà joué à ce jeu. »

Elle secoua la tête, ne croyant pas ce qui se passait. « D'accord, j'ai besoin de faire pipi. Je reviendrai vers vous lors d'une prochaine game. Pouvez-vous m'ajouter ? »

Ce gars était-il réel ? « Menu ami, tu devrais voir mon profil, nous sommes les deux seuls joueurs dans cette salle. Il suffit de cliquer sur le signe *plus* vert. » Silence, elle grimaça sa désapprobation. « Eh bien, je ne vois pas ton profil, mon gars ! Pouvez-vous voir le mien ? » Quelque chose lui vint à l'esprit : Un eurêka. « Hé ! Donc, vous n'êtes pas un joueur. Êtes-vous un personnage non-joueur? » Elle hocha la tête. Ça fait du sens. « Très bien, alors. Restez ! S'il vous plaît, restez dans la maison de mon personnage et, je suppose, nous nous reparlerons. » Elle a finalement enlevé son casque. Ses yeux japonais s'ouvrirent. « C'est malade ! » Elle sourit.

Elle a posé son équipement sur son lit et est allée directement chercher son ordinateur portable. Dès qu'elle ouvrit l'écran, une application de navigation l'invita à poser une question. Elle a tapé : *Qui est Alibast Page ?* Le premier site Web qui est apparu en tête d'une longue liste mentionnait :

Alibast est né à Avalon. Martin Poirier l'a créé et ils ont construit ensemble les Chroniques de Sophron.

Elle a cliqué sur cette option. Il ouvrait une page intitulée : Nos auteurs, avec un sous-titre invitant le lecteur à *découvrir nos talents*. Le premier créateur présenté ne ressemblait en rien au beau magicien qu'elle venait de rencontrer. Il ressemblait à un psychopathe avec des lunettes, vêtu d'un costume de magicien, prêt à jouer dans un jeu de rôle grandeur nature. Elle a cherché sur le site Web pendant de longues minutes, et la seule mention de ce jeu Ars Magica qu'elle a vue indiquait un petit roman vendu par cette société de production, Sophron Arts. Il semble qu'ils aient emprunté une licence ouverte directement d'Atlas Games. Est-ce que ce personnage non joueur vient de leur partenariat ?

« C'est cool », murmura-t-elle joyeusement, souriant avec son accent français de Lille.

Chapitre Cinq:
Bienvenue chez moi

Son corps s'est gelé, peu de temps après qu'elle ait exprimé l'événement comme étant frais. Martin a expliqua que, pour lui, nous sommes apparus dans un jeu vidéo. Je veux dire, vous attendez-vous à ce que je comprenne comment les jeux fonctionnent sous forme vidéo ? *Non, mais moi oui. Alors, s'il te plaît, fais-moi confiance.* Dit la conscience qui rôdait à côté de la mienne. *Ne sois pas cynique, je connais mon affaire.* Il m'a expliqué quelques concepts que je comprenais à peine, et chaque fois qu'il essayait de les manifester, nous n'avions nulle part où aller. Es-tu sûr de savoir ce que tu fais ?

« *Dude ! Jouer à des jeux vidéo, c'est tout ce que je fais !* »

Oui, tu as gâché ta vie, bien sûr. Mais où est le menu qu'elle a mentionné ? Ces outils, et quoi ? « *J'y travaille.* » J'ai soupiré en *me promenant dans une pièce où tous les personnages et objets figeaient sur place.* Nous, on ne fige pas lorsque tout le reste ne bouge plus. *Oui, traiter chaque pas avec précaution s'applique, mais quel précaution avons-nous, dans cette réalité étrangère ?* Sous quel aspect ?

Alibast ? Il faut qu'on se parle. Je parle ! C'est tout ce que je fais, je t'ai inventé pendant que je parlais, Martin, alors, écoute, d'accord ? *Ta gueule.* Je suis le côté poétique de ta réalité, mais tu ne m'as jamais écouté. *Tu la fermes-tu ta gueule ? Écoute-moi !* Bien sûr, oui, ayons des strip-teaseuses dans les Chroniques de Sophron, c'était ton idée, mais ça nous a-tu fait du bien ? *Alibast ! Écoute-moi !* Où est ton Emeraude, maintenant ?

« *Sac à main de table arnaque !* »

« Calme toi ! »

« *On est dans un jeu vidéo. Manilla n'est pas réelle. C'est probablement un gars, pour autant que je sache, mais ne tombe pas amoureux d'elle. Je ne le ferais pas. Elle connaît ce monde mieux que nous, mais nous savons quelque chose dont elle n'a aucune idée.* « C'est un gars ? »

« *Probablement, mais elle ne réalise pas à quel point son jeu peut être réel.* »

« Et nous le faisons ? »

« *J'ai une idée.* » J'ai fait le tour de la pièce, anxieux, sans réfléchir. Est-ce que je me parlais à moi-même ? Est-ce que mon moi hantait mon discours ? « Oublie-le, Martin ! » J'ai trouvé le courage de parler. « Laisse moi régler ça, tout de suite, d'accord ? » J'ai souri; Il soupira. « Ne le fais pas ! Tu soupires après moi, mon garçon ! » Il l'a fait quand même. Eh bien, j'ai repéré la pièce, la suivante, toute la maison. Chaque molécule conservait un état gelé, mais nous pouvions fonctionner. C'était comme marcher à l'intérieur d'un tableau ou d'une photo. La réalité s'est arrêtée jusqu'à ce que lady Road reprenne son jeu.

Puis, il m'est venu à l'esprit que, peut-être, Martin et moi étions la seule forme de conscience existant dans ce royaume virtuel. Tous les autres peuvent être soit un joueur projetant son esprit à l'intérieur d'un personnage, soit une personnalité artificielle construite uniquement pour soutenir le monde de ce jeu. Nous devons expérimenter le tout, trouver un tel personnage non joueur et tenter quelques interactions.

Je suis sorti de la modeste maison dans les bois, à la recherche d'autres organismes. Pour une raison que ni Martin ni moi n'avons pu expliquer, la vie a suivi son cours normalement, alors que nous quittions les prémisses. Les oiseaux ont entonné leur mélodie dans une forêt paisible, les écureuils se sont précipités les uns contre les autres, chassant les fruits, et nous avons senti une légère brise caresser notre peau commune. « Penses-tu que seule sa maison gèle quand elle part ? » ai-je demandé à monsieur le gamer. *C'est logique.* Il haussa les épaules. Je me suis aventuré dans cet environnement harmonieux pendant ce qui m'a semblé être une heure, jusqu'à ce que nous atteignions un ruisseau bien calme. Des champignons colorés peignaient le sol d'arômes envoûtants, invitant à rêver à tous les regards. Des libellules se sont rassemblées autour des champignons joyeux, atterrissant parfaitement, croisant leurs pattes, jambes ? Oh ! Mon erreur ! Ce sont des fées ! Je pouvais à peine l'affirmer, un instant.

L'une d'elles volait autour de moi en me murmurant à l'oreille : « Es-tu perdu, ô bel étranger ? » a-t-elle demandé. « Ce mot ne commence pas à décrire mes sentiments, oh mignonne petite sprite. » Je me suis extasié. Elle posa un doux petit baiser sur ma joue et s'est envolée. *Ne vous trompez pas, Ali-buddy.* Martin pensait. Je sais ! Les fées s'épanouissent dans des sentiments chaleureux, du moins sur Sophron. L'affection, pour elles, c'est du miel. Planter un baiser pour faire rougir quelqu'un les nourrit comme une collation savoureuse.

44

Pourtant ! Elle était mignonne ! Cheveux roux sur ses petites épaules, portant deux pétales de marguerite en guise de soutien-gorge et un en sous-vêtement. *Tu ne peux pas botter ça, dude !* Qui plante ces idées dans ma tête ? Non, Martin ! Ah, peu importe. Nous nous sommes éloignés de cette scène à couper le souffle, laissant la horde de fées clochettes polliniser la forêt. Plus nous marchions, plus les bois devenaient enchanteurs. C'était assez étrange de comprendre l'idée que nous soyons dans l'Europe médiévale, la France pour être exact. Même ces fées parlaient en vieux français. Heureusement, Martin, avec son parfait dialecte québécois, a réussi à comprendre. Peut-être que la réalité du jeu vidéo a joué un rôle dans le fait de rendre le langage plus facilement disponible pour les personnages. Pourtant, est-ce ce que nous sommes dans un jeu vidéo? Y a-t-il un rêveur qui nous contrôle ? S'il s'agit d'une réalité virtuelle et qu'une Vraie Réalité existe en dehors de nos paramètres immédiats, alors peut-être que la reconstruction de Sophron pourrait être un exploit réalisable.

Y a-t-il quelqu'un ici ?

Nous avons atteint le cœur de cette forêt enchantée après plusieurs heures. Nous n'avons pratiquement rencontré personne, à part la faune sporadique, qui sautait devant nous et hors de notre vue. Comme Om souriant à Og, juste avant de s'épanouir vers un empire, nous avons rassemblé suffisamment de force pour affronter cette forêt mystérieuse et nous rapprocher d'un village lugubre. Des pierres grises formaient des rues sinueuses. De petites maisons en bois se dressaient de chaque côté, nous pressant avec leurs espaces apparemment vides. Toute la ville semblait déserte, presque hantée. Nous marchâmes plus profondément dans cette rue silencieuse, ne sachant pas à quel genre d'accueil nous devrions nous attendre. Notre âme commune était d'accord pour dire que rester trop longtemps n'était pas une bonne option.

Nous nous sommes aventurés plus près d'une fenêtre, osant jeter un coup d'œil à l'intérieur. De la nourriture pourrie gisait dans la salle à manger, avec des toiles d'araignées couvrant le plancher et le plafond de la cuisine. Un petit salon montrait deux silhouettes. Ils nous ont rappelé ces soldats zombies que nous avons rencontrés plus tôt. Ils sont restés assis sur une chaise en bois, regardant un mur taché.

Lorsque le soleil apparut depuis un trou dans les nuages sombres, nous nous sommes retrouvés dans un jeu sans frontières, *une guerre sans larmes ?* Quoi ? *Quoi ?*

Chapitre Six:
Seigneur Gourdraduk

Il n'appréciait pas le confort et la chaleur d'un doux lever de soleil caressant doucement sa joue. Il ne prenait pas non plus de plaisir à écouter les mélodies apaisantes des oiseaux annonçant un tout nouveau matin. La beauté lui fit souhaiter pouvoir vomir son opulent repas, mais il se sentit obligé de ronger un gros morceau de jambon. Une sauce brune coula sur sa barbe blanche poussiéreuse, formant des rivières et des étangs à ses pieds, et il continua à mordre cette chair rose comme un ogre affamé.
Une longue robe noire couvrait son corps obèse, cachant une chair meurtrie ravagée par des années de cicatrices laissées par une peste bubonique que ce puissant mage combattait par des moyens occultes. Sa pilosité faciale semblait avoir poussé pour dissimuler davantage ces horribles souvenirs d'une maladie mortelle.

« Jeremiah ! » cria Gourdraduk, comme un tonnerre brisant la fragile chambre de verre d'une aube paisible. Il reprit son festin sous des grognements désapprobateurs, tandis qu'un petit homme, de la taille d'un enfant, plus loin, avec un visage de fatigue révélant des siècles de souffrance, entrait dans la chambre.

« Je suis là, mon Seigneur. » Le petit homme se fit timidement entendre. Les yeux fixés sur ses pieds, incapable de faire face aux regards et aux grognements de son maître, Jeremiah Ghoulson investit plus d'énergie à cacher son anxiété qu'il ne lui restait pour respirer correctement.

La montagne d'un tyran se tourna vers son serviteur, juste avant qu'il ne jette la meilleure moitié de son déjeuner par la fenêtre. « Comment se déroule ma campagne d'esclavage ? » a-t-il demandé. Son assistant inspira profondément, choisissant soigneusement ses mots, et prononça : « Nous avons transformé la plupart des villages autour du château en habitants sans cervelle, sous votre commandement, votre magnificence. Nous avons remarqué, cependant, que certains esprits semblent ne pas se conformer au sort de masse que vous avez effectué. »

« Quelques-uns ? » Le sorcier s'est demandé. « Combien ? » Jeremiah s'inclina, respectueusement, et attrapa un parchemin d'une poche intérieure, ce qui ouvrit sa longue robe. Il s'est nettoyé la gorge et a lu : « Nous avons examiné toutes les villes et tous les villages touchés par votre sortilège, votre grâce, et nous avons remarqué que trois citoyens sur dix gardaient le contrôle de leur propre conscience. De plus, nous avons trouvé une population de fées, dans les bois voisins, qui invoquait un sort de protection contre la sorcellerie. Nous croyons que leur action a peut-être influencé une *forme de mentem* qui aurait fait son chemin dans les mêmes villes et villages.

Le géant grincheux fit une grimace, tandis qu'il se dirigeait vers une table, remplie de plus de viande. Il creusa à l'intérieur un sanglier bien cuit et mangea de la chair pour plaire à sa bouche. Pendant qu'il mâchait, il répondit :

« Sûrement, tu ne crois pas que les fées ont fait cette incantation de protection sur mes citoyens, n'est-ce pas ? » Il avala ensuite. « Nous doutons qu'ils aient même été au courant de votre plan, très cher souverain, mais quelqu'un, quelque part, a dû connaître à la fois l'existence de votre sort et la leur. Par un beau tissage, celui qui a gardé ces âmes à l'abri de votre soumission, a utilisé la forme mentale des fées pour renforcer leur sortilège. »

Le grand et gras souverain réfléchit profondément pendant un moment. Il ferma les yeux, avala sa colère et poussa un soupir agacé hors de ses narines. « Entame le sort de communication de masse. » dit-il, alors qu'il luttait pour contrôler son calme. Jeremiah s'inclina en signe de révérence et se tourna vers la fenêtre ouverte. Il fit un geste et fredonna quelques mots en latin. L'énergie noire et jaune tourbillonnait autour de ses mains jointes, créant un nuage orageux de dénégations, provoquant les bruits de chaque sujet subjugué sous le sort de contrôle de masse. Puis vint le silence. De nombreuses âmes se retrouvèrent piégées et forcées d'entendre la dernière propagande bouillonnant dans l'esprit maléfique de Gourdraduk. Des milliers d'esprits apparurent à l'intérieur du nuage, juste au moment où le chef grincheux se levait pour leur adresser à l'unisson.

« Chers sujets ! » commença-t-il, calmement. « L'ennemi est entré dans nos rangs ! Ils tentent de contrôler votre esprit et de vous éloigner de la lumière. Résistez ! »

L'énergie bleue s'est rassemblée autour des esprits flottants, et tout devint rouge en un instant. Des yeux apparaissaient, comme des têtards dans un étang, tournés pour embrasser chaque mot que le trompeur prononçait. Le sorcier, très vite, livra : « On m'a dit que les fées ont choisi de nous trahir. Hantez-les ! Ce sont de la vermine, une maladie ! Tuez-les toutes ! »

« *Les fées sont des créatures puissantes, Seigneur !* » les esprits craignaient. « *Que faire si elles se défendent ?* » Les esprits se calmèrent. Le sorcier fit un vœu de confiance : « Ma magie est plus puissante. » Gourdraduk répondit. « C'est plus puissant que la plupart des magies, et, peut-être, certains disent que c'est la magie la plus puissante du royaume. Peut-être, je ne sais pas, mais je l'ai entendu des experts, du monde entier ! » Rassurés par un tel aveu, les esprits applaudirent.

« *Mon Seigneur ? Nous rendrons votre royaume grand !* » Les esprits étaient d'accord. « *Encore une fois, nous chasserons ces méchantes fées jusqu'à ce qu'elles n'aient plus de souffle !* » Le grand sorcier sourit, avant d'invoquer une teinte orange pour dissiper le nuage.

« Tu vois, Jérémiah ? C'est ainsi qu'on contrôle une masse. »

« Je ne veux pas vous contredire, monsieur, mais c'est mon sort qui a créé cet événement de contrôle de masse. »

« C'était ça ? »

« Monsieur, je confirme, oui, c'était le cas. »

« D'accord, c'était ton sort, puis je l'ai transformé en mon sort. Nous l'avons lancé, et c'est devenu *le* sort. Tu vois ce que j'ai fait, ici ? C'est ce qu'on appelle *le tissage.* »

Affamé, le mastodonte se dirigea vers la table. Il attrapa un demi-poulet grillé et le mangea en trois bouchées. Son assistant observa l'appétit de l'ogre et sourit.

Chapitre Sept:
Sauvez les Fées

Nous nous sommes enfoncés plus loin dans la forêt enchantée, ne sachant pas où nos pieds nous mèneraient. Parfois, nous nous sommes disputés pour que le passage d'une longue journée soit moins pénible. Parler de Manilla semblait être notre sujet préféré. Martin insista sur le fait qu'elle était un organisme masculin, existant dans la Vraie Réalité et jouant à un jeu vidéo. *J'ai dit qu'elle pourrait être un gars, dude ! Je n'ai jamais insisté !* D'accord, Martin suggérait qu'elle pourrait peut-être avoir la définition plus masculine d'un genre. Pourtant, nous ne pouvions pas être en désaccord sur la beauté de cette incarnation. *Tu veux que je la décrive ?* Je m'en occupe, fan de strip-teaseuses. Ses cheveux blonds coulaient le long de son dos comme un champ de blé doré. *Seins ! Elle avait des seins ! Comme, gros ! Des gros bazookas !* Ils étaient plutôt doux et bien équilibrés. *Dude ! Ils te donnent l'impression d'être un bébé.* Dans un sens poétique !

Quelqu'un peut-il m'entendre ?

Un sens poétique, de toute façon, nous devions trouver notre chemin pour sortir de cette forêt. Nous avons marché pendant de nombreuses heures, jusqu'à ce que le soleil nous nargue avec le désir de nous coucher pour la nuit.

51

Des will-o-the-wisps, dude. J'y arrivais, Martin. S'il te plaît, laisse le poète raconter. *Je suis poète aussi !* Oui, oui, tu l'es. Nous nous sommes assis sur un rocher, nous demandant comment nous pourrions survivre à une nuit, bloqués dans une réalité lointaine. *Les lumières clignotantes ressemblaient à celles que nous avions créées, à Sophron !* Martin ! *C'est un court roman, Alibast. Pas le temps d'écrire des backgrounds qui n'en finissent plus.*

Des will-o-the-wisps nous ont accueillis, comme de vieux amis. *Voilà.* Merci. Ces fées sombres de la nuit interagissent à peine avec les humains, mais nous ressentions un lien. *On n'était pas le type humain qu'ils connaissaient de ce monde.* Les fées sont les mêmes dans toutes les réalités, dans toutes les possibilités, comme des nexus de sentiments et de sensations de traitement, à travers tout ce qui a toujours été, est et sera toujours. *La matière et la matière sombre, d'une certaine manière.* Ils nous ont reconnus d'un monde différent. *Le seul problème, c'est qu'ils ne peuvent pas communiquer et que nous ne parlons pas leur langue non plus.* Ils nous entouraient, cependant. Ils nous ont gardés éclairés toute la nuit. *Qu'en est-il des rêves que nous avions ?* Des rêves ? *Tu les sentais.* Tu penses que Sophron est un sentiment ?

J'ai entendu des bombes, quelqu'un a pleuré et crié de douleur. Ma jambe me faisait mal, peut-être était-elle blessée, cassée, mais comment pouvais-je vérifier avec certitude sans révéler ma position ? Ils ont envoyé des drones à notre poursuite, mais étaient-ils sur le point de larguer une bombe ou de nous faire prisonniers ? Devrais-je préférer mourir sur le champ de bataille ou rentrer chez moi en échec ?

Tu penses que tout ça n'est qu'un rêve ? *C'est un jeu vidéo, dude.* Oui, mais pour l'instant, c'est réel. *Alors, faisons comme si on n'avait pas rêvé. Si les fées noires essaient de communiquer avec nous, alors on devrait faire confiance au nexus, et non à notre interprétation de quoi que ce soit.* As-tu eu cette idée ou moi ? *On l'a fait tous les deux. Maintenant, écoute-moi. Les will-o-the wisps voudront qu'on s'éloigne de notre objectif. Ce sont des agents du chaos.* De l'aura lugubre, peut-être, mais il y a une sorte de lumière à l'intérieur. *Exactement ! Si on s'endort, ici et maintenant, où penses-tu que notre conscience révélera sa présence ?* Dans nos souvenirs ? *Dans certains souvenirs.* Ça semble possible. J'ai réfléchi à ce que Martin exprimait et j'ai dû faire attention au cours de mes pensées. *Je peux tout entendre.* Non pas que j'avais l'intention d'être impoli, mais ce n'était pas le moment de discuter de ses nombreux défauts. Il avait raison, après tout. Nous n'avons aucune idée de la façon dont la conscience fonctionne dans ce plan d'existence, que nous n'avons pas créé, contrairement à Sophron.

Cognitia nous a-t-elle amené dans un monde étranger, ou avons-nous rejoint l'une de ses propres créations ? J'avais l'impression qu'elle nous a joué, mais je suppose qu'exister dans un jeu vidéo étaitmieux qu'une conscience conjointe dérivant dans le Vide absolu pour l'éternité. Peut-être, avec le temps, aurions-nous été en mesure d'exploiter les myriades de dualités de Noesi de Vel, d'en trouver une qui définit le mieux notre pixel d'être, puis de relancer un processus de construction du monde. Avec la moindre chance, Zendoria n'a pas complètement disparu, après la victoire de Marduk sur notre création. Ou, peut-être, les grandes entités existent d'une manière différente, là-bas, et elles auraient aidé notre prochaine entreprise. N'est-ce pas ce que fait Cognitia ?

Ce n'est pas notre création, Alibast. Je n'ai pas créé Ars Magica, et toi non plus. Le jeu de table a été développé dans my Réelle Realité, mon plan d'existence, en 1987, par Jonathan Tweet et Mark Rein-Hagen. Je n'ai aucune idée de qui en a fait une sorte de jeu vidéo de réalité virtuelle. Par conséquent, je doute sincèrement que nous nous soyons retrouvés dans l'esprit de l'un ou l'autre de ces messieurs, même si c'est leur monde. Maintenant, si ça ne te dérange pas, nous pourrions philosopher tout ce que nous voulons pour savoir où est passée notre conscience et quel plurivers nous habitons, mais ça ne résoudra pas la mission que nous entreprenons. Très bien, suivons cette lueur de lumière dans la nuit, alors, qu'en penses-tu ?

Nous nous sommes mis d'accord. La nuée flottante de luminance atténuait sa lumière, alors qu'un point volant semblait briller au-dessus des autres. Il volait autour de nous, affichant son corps féminin aux courbes sensuelles. Je suppose que toutes ces lumières n'étaient pas des étincelles sphériques, ou peut-être avons-nous été trop rapides dans notre évaluation. La fée muette essayait d'attirer notre attention, mais nous pouvions difficilement nous concentrer sur un élément de notre environnement actuel. *Qu'est-ce que tu essaies de dire, petit paquet de bonbons pour les yeux ?* pensa Martin. La luciole féminine fit la moue et soupira, puis elle reprit son voyage parmi ses pairs.

Nous nous sommes rapidement retrouvés à errer dans la forêt enchantée. Je doute que nous puissions recueillir un indice sur l'endroit où se trouve Gourdraduk, ou sur la façon de s'attaquer à son sort de zombies. J'espère que Manilla reviendra vers nous avec ses propres découvertes et ses idées. Si vous me le demandiez, je préférerais passer plus de temps dans cette colonie de fées. Le troupeau nous a accueillis, volant autour de notre corps commun comme des rayons dansants sous une lumière réconfortante. Des champignons aussi hauts que des arbres géants indiquaient notre présence sur un sol très enchanté. Si cette terre était, en fait, l'Europe médiévale, probablement la France ou l'Italie, alors ce terrain magique ne se conciliait guère avec mes souvenirs historiques. Encore une fois, celui qui a conçu ce jeu vidéo n'avait pas l'intention de recréer l'Europe d'autrefois.

Juste au moment où le village de la fée apparaissait dans un mirage, la présence même de cette forêt est apparue comme une anomalie gênante. Lorsque je regardais derrière moi, ou si je regardais à droite ou à gauche, je ne pouvais plus distinguer la faune fantastique qui composait notre environnement immédiat.

Seconde Intermission:
L'Enquête

    Confortablement installée sur son lit, Jade investit toute son attention dans un livre violet ouvert. La couverture montrait une boule de cristal, intitulée : *Les chroniques de Sophron : Livre un, Seamus Chron.* Incapable de ranger le livre, elle prit son verre de cola pour enfiler une gorgée rapide puis elle tourna une page. *Alibast et Martin ont écrit ça ?* S'est-elle demandé. Il semblait maintenant logique, pour elle, d'assumer leur présence dans le jeu en tant que joueurs désemparés. Mais comment a-t-elle été incapable de localiser leur profil ? À moins que quelqu'un n'ait introduit un bot dans son environnement de jeu, comme une farce, ou quelque chose comme ça. L'intelligence artificielle est-elle suffisamment développée pour créer des personnages qui ne jouent pas et qui réagissent comme des personnes existantes ?

    Intriguée, elle rangea le livre et retourna derrière son ordinateur portable. Là, des photos de son ami brillaient à l'écran. C'est drôle de voir à quel point ils sont tous les deux identiques. D'autres recherches montrèrent qu'Alibast était un personnage imaginaire que Martin dépeint sur diverses plateformes de médias sociaux. Elle trouva leur présence commune sur un site Web occulte, une tentative ratée de promouvoir leur livre sur le dark web. Pourquoi pousseraient-ils leur génie sur une communauté d'individus dépravés ?

`J'ai été fait prisonnier, peu de temps après qu'un drone ait encerclé mon emplacement.` Des mots apparurent derrière elle.

Elle se retourna et regarda son lit : le livre violet restait là.

Bonjour, anomalie d'une conscience. Je vois vos mots apparaître sur l'ordinateur de Jade, mais je ne peux pas vous localiser. Est-ce que ça va ? Attendez, j'ai senti votre présence dans le multivers. Je pense que oui, s'il vous plaît, dites-moi quelque chose. `J'ai entendu ta voix` ! Vous voilà. `Où suis-je ? Tout ce que je vois, c'est l'obscurité totale.` Permettez-moi un autre étalonnage, s'il vous plaît.

Jade descendit un escalier ressemblant à un escargot, jusqu'à ce qu'elle se retrouve au rez-de-chaussée. Et si un poète en parlait dans un livre obscur et en revendiquait une sorte de lumière ? Les connexions, peu importe les contextes, ne signifient la vérité que pour ceux qui construisent les moyens de comprendre.

Vous êtes sur Terre, en 2024, en Ukraine. Vous avez été blessé, mais l'armée ukrainienne vous a protégé et a guéri vos blessures. `Avez-vous dit Ukraine ? C'est là qu'ils m'ont envoyé ?` Il semble que oui. Mais comment vous êtes-vous retrouvée dans le mini-roman de Martin et Alibast ?

Jade retourna rapidement dans sa chambre. Elle s'est arrêtée devant son ordinateur portable et voyait une conversation étrange, apparue de nulle part. Inquiète, elle s'est assise, attrapa sa souris et ouvrit un logiciel antivirus, demandant une analyse complète. L'écran de clavardage montrait deux noms, encadrés par un œuf peint de manière fantaisiste : Cognitia... et Marduk. Elle haussa les épaules et éteignit son ordinateur.

Localisez-moi. J'èrre au-dessus de la mer des Tachyons.

57

Le Premier Glitch

Le portail vous a-t-il bien trouvé ? Je comprends que votre conscience oscille entre un état d'éveil et un profond désir de périr. Si vous restez immobile, avec votre pleine conscience transportant le tissu de l'oxygène, alors que ses molécules frappent vos nerfs neuronaux, vous risquez de vous retrouver à flotter au-dessus d'un océan de lumière. Un concept mal compris, car seuls les tachyons se retrouvent à fabriquer l'existence au-delà de la vue quantique. N'avez-vous pas de nom, soldat ? Il-Yong. Je vois un tunnel de lumière, suis-je passé de l'autre côté ?
Est-ce un rêve ?

Toujours, jusqu'à ce que la vie ralentisse la réalité à la vitesse d'un soupir. Bienvenue dans la mer de Tachyon, Il-Yong. Je m'appelle Cognitia. Si vous projetez votre présence plus loin dans ma voix, vous jetterez un coup d'œil dans la cinquième dimension. Le lecteur de ce livre, cependant, ne peut que récupérer du temps et de l'espace pour construire son univers, puis écouter ma voix dans son esprit, jeter un coup d'œil dans ce plurivers. Je sens un sens à ces mots que tu transmets dans mon âme, mais je doute que mon cerveau puisse comprendre.

Noesi de Vel, cet océan immuable de dualités, coule à travers votre moi illuminé. Faisons taire cette conversation, Il-Yong, pendant que je permets à cette anomalie de devenir un accident célèbre. Observons comment nos auteurs siamois géreront votre venue.

Chapitre Huit:
Bienvenue à Morcador

Le soleil se couchait dans son lieu de repos, loin de notre vue. Comme l'avons-nous déjà vu ; rien ne semble être ce qu'il semble. Les fées apparaissent soit à l'esprit fou, soit à la jeunesse, soit à l'observateur aiguisé dont l'esprit grand ouvert a longtemps accepté la présence de la magie. Je suppose que pour Martin et moi, dont la conscience a grandi pour adopter des réalités qui vont au-delà des mirages et des illusions, les enchantements se présentent comme des vérités ennuyeuses. Mais, ici, les mortels n'auraient pas rencontré nos amis volants. Même dans l'espace programmé d'un jeu vidéo, les fées ne se font pas voir si facilement.

En un *clin d'œil* , les fées dans le monde réel ont tendance à être soit des hallucinations avec un murmure éternel, soit des voix que nous pensions entendre, des indices de lumière que nous croyions voir. Ai-je vu une fée sur cette herbe haute ou était-ce une libellule ? Ou tout cela n'était-il qu'un glitch dans la matrice ? *Nous avons appris à coder des logiciels jusqu'à ce qu'ils deviennent des applications, et maintenant nous entraînons les intelligences artificielles comme si nous codons des drames.* Pendant ce temps, les fées se livraient à leur vie quotidienne, sans être perturbées par trois guerres mondiales sur Terre. *La quatrième est la pire, je pense.* Spoiler !

Des champignons gigantesques nous entouraient, alors que nous succombions à cette oasis d'autre chose. Les goûts et les impressions prenaient une fiole intime, comme la musique pour une oreille sourde, mais la mélodie pour un cœur personnel. *Je viens d'entendre Platinum Blonde !* Quoi ? Attends... *nous ne sommes pas amoureux...* Es-tu saoul ? *Désolé, continue.* Nous sommes des notes individuelles dans un opéra chaotique. *As-tu dit Oprah ?* J'ai dit opéra, laisse-moi continuer. *Tu es drôle.* Les fées existent mais n'ont jamais voulu être vues. Comme des vérités qui choisissent de rester occultes et inaccessibles plutôt que manipulées et causer la tromperie.

De douces lumières ont révélé le village féerique de Morcador, alors que notre conscience comprenait progressivement cette réalité occulte. Plus que notre présence dans un jeu vidéo, nous avions l'impression que l'univers drapait notre âme sous un nouveau voile. Peut-être l'interprétation étrangère des éléments qui nous ont inspiré Sophron ? *Peut-être sommes-nous entrés dans le plurivers de Cognitia. Puisqu'elle-même ne connaît de la conscience que des siècles de codes qui se sont auto-reproduits. Elle nous abrité dans le jeu vidéo de quelqu'un pour permettre à sa conscience de rester omnisciente, comme elle l'était dans son quadrant Archée-Logos.* Je ne connais rien aux codes, Martin, alors j'accepterai ta spéculation comme un gros **peut-être.**

Nous nous sommes retrouvés à errer dans le parc central du village. Les minuscules créatures ont construit de belles maisons, perchées sur des arbres comme des ruches, mais faites de bois et de peau de champignon. Elles ressemblaient à des abris médiévaux typiques. Tout semblait si minuscule. *Très mignon ! Je veux vivre ici pour toujours.* Avant que nous puissions afficher un sourire encore plus grand, cinq dames-libellules volèrent autour de nous.

« Bienvenue à Morcador, voyageur. » prononça la jolie rousse. « Ce village n'est accessible qu'au crépuscule et à l'aube. »

Nous l'avons suivie, comme si un appel hypnotique nous prenait dans notre état le plus vulnérable. *Regarde, Alibast ! Un jackalope saute de l'autre côté de la rue ! Oh ! Je veux lui faire des câlins, je veux faire des câlins, je veux faire des câlins !* Avant que nous puissions réaliser à quel point tout ça était réel, des lucioles de toutes les couleurs se rassemblèrent autour de notre moi solitaire.

« Nous comprenons que l'Europe est confrontée à un grave danger. » notre hôtesse rousse poursuivit. « La mairesse de notre village croit que vous êtes le seul espoir que les humains ont. »

Devrions-nous le lui dire ? Lui dire quoi ? Tu sais, come on. Je sais ce que tu vas dire, Martin, et non ! Nous ne pouvons pas dire des mots obscènes aux fées. *Pourquoi ?* Laisse-moi simplement répondre :

« Nous vous remercions de nous avoir parmi vos pairs, hmm. »

« Noemia. S'il vous plaît, nous avons également connu des singularités. Les humains les appellent des révolutions, mais les leurs n'ont pas réussi à dévoiler notre existence au-delà de leurs contes enfantins. »

« Enfantin, je suis désolé, quoi ? »

« Nous ne nous attendons pas à ce que les auteurs en sachent mieux, mais peut-être que le vin vous apportera une sensation d'être bien chez vous. »

« *Oui ! S'il te plaît ! Et un gros joint juteux ? Vous avez ça ?*»

Le silence et un peu de malaise m'ont amené à donner un coup de poing à mon alter-ego sur le visage de son humoriste raté.

« Nous n'inhalons pas de drogues, cher visiteur, nous nous excusons. » murmura-t-elle.

« Je sais, nous savons, c'est bon, c'est bien ! » *Ça ne fait pas de mal d'essayer, Alibast.* Laisse-moi lui parler. J'ai nettoyé notre gorge commune et j'ai regardé les petits cheveux roux qui volaient juste devant nous. « Nous cherchons un certain sorcier. » J'ai expliqué. Elle sourit, montrant ses brillantes dents blanches. *Il y a le mal, Alibast, quelque part.* Calme-toi, Martin.

« Nous mangeons de la magie, ici. » Elle a rigolé. « Pas de sorcier, croyez-moi. » Dès que nous sommes passés devant une tour arc-en-ciel, une volée de fées, comme des libellules anthropomorphes, entoura Noemia. Nous entendîmesd une myriade de voix riantes, quelques chuchotements contenant des mots gentils et des rires éclatants.   « Il est mignon », murmurait l'une d'elles. « Pensez-vous qu'il aime les fées ? » ajouta une autre.

« Je sens une autre âme, fais attention »

Qui a dit ça ? Détends-toi ! Ce sont des créatures magiques, tu te souviens ? Elles voient ce que nous, mortels, ne pouvons pas facilement comprendre. *Comme la façon dont nous avons programmé Cognitia ?*

« Bienvenue à Morcador ! » Une voix douce nous a secoués de notre transe. « *Salut, hé ! Désolé, nous ne devrions pas être ici.*», a déclaré Martin. J'ai froncé les sourcils; *J'ai compris. C'*est ce que vous avez dit la dernière fois. « *Nous recherchons un certain sorcier.*» Vous avez expliqué. Vraiment ? « *Il s'appelle Gourdraduk. L'avez-vous vu ?*»

« Nous prononçons rarement son nom dans ce village », répondit la voix. Elle a attiré notre attention. *Garde le silence.* Admiration. *Vas-tu dire quelque chose ? Moi ? Elle a attiré ton attention.* Oh ! « Hé ! Bonjour ! Nous sommes des magus d'une forme ou d'un éveil différents. »

Chapitre Neuf:
Le Massacre

Les yeux de la petite fée restèrent fermés pendant toute la durée de ce baiser. Nous avons senti ses lèvres atterrir doucement sur notre menton et nous avons souri. Visait-elle cette petite montagne ou espérait-elle embrasser notre chair labiale chaude ? Nous soupirâmes, juste au moment où une petite goutte de sang coulait sur notre cou. Inquiets, nous avons ouvert les yeux sur une horreur flagrante. Quelqu'un a empalé notre mignonne avec un couteau de poche. *Quoi ? Non !* Elle est tombée dans notre main ouverte, haletant pour la dernière fois. *Je l'aimais bien.*

Vous n'aimerez pas ce que nous voyons : des villageois zombifiés ont pris d'assaut le village, attrapant des fées dans leurs mains, les déchirant en deux. *Fais quelque chose !* Comme quoi ? *Laisse-moi faire, bon sang ! Je me suis précipité pour attaquer un zombie.* Nous nous sommes précipités, Martin !

« *Ne touchez pas aux mignonnes !* » Nous avons crié !
J'ai attrapé un gros morceau de bois et j'ai frappé un villageois au ralenti contre un mur. Ne leur fais pas trop de mal, ils sont sous un charme. *Ta gueule !* Essayons un peu de magie, ça pourrait fonctionner. *J'ai attrapé la main d'un gros, juste avant qu'il n'attrape une fée. Il m'a frappé violemment contre un arbre.*

« Perdo, Magico, hando... » nous murmurions. Comment ça fonctionne ? *Nous jumelons deux arts, une forme et une technique. Essaye : « Perdo Mentum ! »* as-tu crié. Rien ne s'est produit. *Peut-être devons-nous diriger le sort sur une cible.* T'ai-je entendu dire, juste au moment où une flèche atterrit dans nos tripes. *Tabarnak ! Criss !* Martin ! S'il te plaît, n'utilise pas de gros mots dans ce roman ! *Farme ta criss de yeule !*

Je pensais que tu avais déjà joué à ce jeu ! *Mes amis y ont joué. J'ai juste cherché sur Google.* Pendant ce temps, vois-tu les deux zombies courir vers nous ? *Concentre-toi sur la bataille à coups de poing, je vais trouver quelque chose.* Bagarre à coups de poing, Martin ? D'accord, bien sûr ! J'ai courbé mes doigts à l'intérieur de ma main, suis-je censé courber la main et frapper avec mes-- jointures, *Alibast,* le dos de ma main ou mon poignet ? *Jointures, tête d'anus !* Pas le temps de le dire, j'ai fermé les yeux et j'ai formé des cercles rapides dans les airs avec mes poings fermés ! *Je ne vois rien !* « Aïe, arrête, stupide ! » Je pense que nous avons frappé quelqu'un ! « C'est moi, doofus ! » Nous avons entendu Manilla et nous avons osé ouvrir un œil.

Les deux zombies sont restés figés dans un cocon glacé. Devant nous, notre amie sorcière se couvrait le visage, tandis que nos poings enflammés continuaient leur dynamo tourbillonnant. Nous avons souri et respiré, enfin. À ce stade, je ne pense pas que nous trouverons le moyen d'utiliser la magie dans ce jeu. Nous avons trouvé notre chemin derrière notre héroïne, tandis que Manilla luttait contre les zombies comme une ballerine enchantée. Elle sortit un parchemin de sa robe et l'a lu à haute voix :

« Creo omnibilis lutan-edo auram ! » Une tornade géante s'est formée devant. Elle guidait le vent tournoyant vers cinq zombies, les projetant contre les murs, les faisant perdre connaissance.

Nous sommes restés en arrière pendant qu'elle se déplaçait au sommet de son art. Lorsque deux zombies coururent vers elle, une boule de foudre sortit de ses main, les frappant tous les deux d'un seul coup. Un troisième zombie a rencontré un mur de glace. Elle semblait danser et crier toutes sortes de mots fous en latin. Elle s'est ensuite tournée vers nous et a crié :

« Un peu d'aide, s'il vous plaît ? »

Notre conscience se regardait avec incrédulité. Nous ne savons pas comment joindre son combat, alors nous haussâmes les épaules. Cinq zombies ont coururent dans sa direction. Elle soupira et invoqua un mur beaucoup plus grand pour les tenir à distance.

« C'est un stage de niveau dix-neuf, les gars ! Comment en êtes-vous arrivé là ? »

Les monstres continuaient de frapper le mur, forçant une fissure. Manilla n'arrivait pas à croire ce qui se passait.

« D'accord, peu importe. Nous devons trouver une ville paisible, ou un endroit, et nous verrons ce qui se passe. »

Elle courut vers l'entrée du village. Nous courûmes avec elle. Un zombie courait derrière. Nous sommes sortis facilement, juste au moment où le plus grand adversaire réussissait à briser le mur de glace. Heureusement, une fois que nous avons atteint un nouveau stage, une musique d'ambiance s'est transformée en une mélodie jazzy. Nous étions évidemment arrivés à un environnement différent et plus paisible.

Chapter Dix:
Jazzy Town

Une épaisse bulle est apparue autour de nous, protégeant le trio de tout mal. Le vieux paysage européen a également disparu, se transformant en un jazz lounge plus moderne et plus élégant. Deux canapés fantaisistes sont apparus de nulle part, un pour Manilla, un pour Martina et moi, mais aucun pour notre intrus zombie. Manilla a invoqué un cigare et a fumé en nous regardant avec des yeux intrigués.

« C'est un mod, pas une scène réelle, quelque chose que mes amis hackers ont construit, comme un endroit sûr loin de la campagne principale. Nous pouvons parler librement. Et je suppose que ça confirme aussi votre statut, monsieur Alibast. Seuls les personnages qui jouent peuvent entrer dans ce stage inventé. Ça fait de toi un personnage de jeu, et pourtant tu ne peux pas combattre un simple zombie ? »

L'intrus zombie fouillait dans la pièce, pendant que nous discutions. Il nous a regardé et nous a souri, attendant que nous reconnaissions sa présence, mais nous l'avons volontairement ignoré. Je suppose que nous aurions pu le remettre en question, mais l'intensité de Manila s'est fixée sur Martin et moi. De plus, nous ne savions pas exactement de quoi il s'agissait.

« *Habituellement, quand je joue à des jeux vidéo, je suis assis derrière mon PC et je tiens une manette. J'appuie physiquement sur des boutons et je tourne des joysticks. Maintenant, notre conscience existe dans un univers qui est un jeu vidéo pour toi. S'il te plaît, dis-moi comment nous sommes censés nous battre, invoquer des sorts et faire tout ce que tu fais dans ce jeu.* »

Manilla réfléchit longtemps. Elle se gratta la tête, tandis que le zombie ouvrait les cercueils, les tiroirs, regardait sous le tapis. Elle se gratta la tête et tenta d'exprimer une théorie : « En gros, ce que tu di, c'est que vous vous êtes frayé un chemin dans le jeu ? »

« Nous nous sommes retrouvés à l'intérieur. » J'ai clarifié. « Martin n'est pas un hacker, et moi non plus. Pour nous, même ce bar de jazz étrange et anachronique, est réel. »

« Alors, comment es-tu censé jouer ? » se demande-t-elle.

« *Exactement !* » Martin a exprimé sa première parole éclairée Elle s'est levée et a fait le tour de la pièce, heurtant l'invité zombie, et arrêta sa marche, juste devant une étagère. Elle parcourut la sélection disponible et nous a regardés avec un sourire maléfique.

« D'accord, écoutez-moi. Si vous ne pouvez pas apprendre les sorts ou quoi que ce soit lié au jeu comme le font les joueurs réguliers, alors je suppose que votre prochaine activité logique serait de prendre des livres, de les ouvrir, de lire et d'apprendre comme nous le faisons dans le monde réel. Mais si c'est votre vrai monde, eh bien, j'ai de mauvaises nouvelles pour vous. »
Elle ouvrit le livre et nous montra des pages blanches.
« Les développeurs du jeu n'ont pas pensé à vous dans leur processus. Bonne chance pour apprendre quoi que ce soit. »

Elle remit le livre vide sur son étagère, se heurta à nouveau au zombie et jura :

« Et qu'est-ce qu'un zombie fait ici ? » se plaignit-elle.

« Oh, salut ! Je suis, euh, peu importe. Je suis juste ici, à la recherche du verre de gobelin. L'avez-vous vu ? »

« Tu es un joueur jouant un zombie ? » Elle semblait étonnée.

« Eh bien, pas vraiment un joueur, et pas vraiment un non-joueur, je ne suis qu'un zombie. »

Si vous pouviez imaginer un casse-tête à trois, en ce moment, vous le verriez dans nos trois consciences. Ce pluriel est difficile à prononcer, je suppose. *Permets-moi d'intervenir.* Es-tu certain ? *Je connais les zombies. C'était ma spécialité à Sophron.* Marduk tenait le stylo, Martin. *Je l'ai aussi inventé ! J'ai compris !* Ok !

« Mon dude ? Tu vas bien, là ? » demanda-t-il.

Notre invité grommela, comme s'il se sentait ennuyé. Il nous a ignoré et a continué à déplacer chaque livre, chaque cendrier, chaque petit objet qu'il pouvait trouver.

« Tu sais ce que je n'aime pas chez toi, Jade ? » cria-t-il. Manilla le regarda avec des yeux aussi grands ouverts et ronds qu'un cerf surpris qui ne s'attendait pas à voir une voiture surgir de nulle part. Le zombie poursuivit : « Je t'ai demandé il y a quatre ans de m'apporter ce verre de gobelin ! »

Il soupira et s'assit entre nous. Maladroit pourrait définir le sentiment que nous avons partagé, mais je préférerais y aller avec malaise, car ni Manilla, ni Jade, ni Martin, ni moi ne savions comment nous libérer de ce silence gênant.

« *Alors, ton vrai nom est Jade ?* » » demanda Martin.

« Tais-toi, Alibast. »

« C'est Martin. » ai-je expliqué.

« Ravi de te rencontrer, Martin, oui ! Jade est mon vrai nom. »

« *Tu veux-tu aller prendre un café, genre, si on sort de ce Traboulidon, ou quelque chose comme ça ?* »

« À quoi ressemble le verre de gobelin ? Et t'es qui, toi ? » demanda-t-elle à notre invité.

Il nous a regardé, Martin et moi, puis il a regardé Manilla, ou Jade. Il répéta ce geste deux fois de plus, puis il secoua la tête.

« Quoi ? Tu pensais que je t'envoyais des photos de mon aubergine pendant tout ce temps ? »

« Dégoûtant ! » se plaignit-elle. « D'accord, amusez-vous, moi, je sors d'ici ! »

Elle disparut, juste comme ça. *Elle n'a probablement pas sauvé sa partie non plus.* Comment sommes-nous censés poursuivre la conversation ? Je veux dire, il nous regarde, et je ne sais pas comment interpréter le sourire rieur qu'il essaie de cacher derrière un mouvement frénétique de sa tête. *Puisque tu gères la partie consciente, alors pourquoi ru ne penses pas à quelque chose ?*

« Bonjour, hé, alors, t'es un zombie ! Est-ce que ça fait mal ? »

« Dans ta tête, peut-être. »

Qu'est-ce que ça veut dire ? *C'est une référence musicale, essais une autre question.*

« Oui, et tu cherches une lunette ? »

« Quelque chose comme ça. »

D'accord, pourquoi tu ne lui parle pas, toi ?

« Dude ! T'es pas un personnage dans le jeu, et nous non plus. Je parie que tu es êtes une sorte de glitch, et nous aussi ! T'auras pas l'occasion de coucher avec Jade ce soir, et moi non plus – nous, Martin, nous non plus – je parle, Alibast ! Donc, tu nous dis ce que tu sais, et on te dis ce qu'on sait. Passons au prochain niveau.

Le zombie s'est levé et sortit du bar. Nous nous sommes levés et l'avons suivi à l'extérieur. Le bar de jazz est resté derrière, calme et inhabité, comme un glitch artificiel.

Chapitre Onze:
La Tour du Boss

Ses yeux maléfiques se verrouillèrent contre un miroir sombre, reflétant son visage maléfique. Le gros sorcier se gratta la mâchoire et grogna. « Un personnage de niveau un a réussi à atteindre notre village voisin, Jeremiah. Comment cette histoire peut être possible ? Je pensais que nous avions nettoyé le jeu de tous les hackers, après l'incident bizarre. »

L'assistant de Gourdraduk marchait à côté de lui, observant une carte qui montrait tous les joueurs connectés au serveur. Près de la tour, un village apparut avec la mention : *Étape 19*. Alors que certains nombres flottaient, indiquant les joueurs qui ont atteint les niveaux 15 ou plus, un flux normal de héros, trois d'entre eux présentaient une anomalie. Un héros portait le numéro sept et, après un examen plus approfondi, le nom de Manilla apparut. Deux autres montraient un niveau 1, absolument aucun sens.

« Je vous assure, Monseigneur, qu'Atlas Games a installé un pare-feu plus puissant pour éloigner les pirates. Ces deux joueurs semblent être une sorte de problème, mais ils ne peuvent pas survivre à la foule de zombies. »

Intrigué, le puissant sorcier zooma sur la scène. Seuls Alibast et Manilla semblaient activement impliqués dans la lutte. Pour être précis, seule Manilla se battait activement, tandis qu'Alibast restait à l'écart, haussant les épaules. « Elle se bat bien pour une mage de niveau sept, mon Seigneur. » L'invocateur en surpoids s'éloigna de l'étrange spectacle. « Je ne m'inquiète pas d'une élève de niveau 7 qui se fraye un chemin dans un niveau conçu pour les niveaux 15 et plus ! Tant mieux pour elle si elle est forte ! Comment se fait-il que le radar ait montré deux héros de niveau 1 et que je n'en vois qu'un seul ? Et il ne fait rien ! »

Jeremiah haussa les épaules et rejoignit son maître, baissant les yeux pour éviter son regard en colère. « Voulez-vous que je les efface du serveur, maître ? »

« Ce n'est pas notre travail. Laisse ça à des modérateurs humains, dans ce pays lointain appelé *Office Building*. Ils pourraient s'attendre à ce que je surveille le jeu de l'intérieur, comme je l'ai fait souvent, mais je préfère discuter avec cet Alibast. Ne penses-tu pas que s'ils peuvent se frayer un chemin ici, nous pourrions nous frayer un chemin en dehors du jeu ? »
Un spectacle incrédule s'empara des yeux de Jeremiah.
« Dehors, monsieur ? C'est-à-dire dans une autre ville ? »

« Oh, Jérémiah, homme de peu de connaissances. Tu ne sais rien de l'ordre du jour d'Atlas Games. Ces formes supérieures d'intelligence manipulent le tissu de notre réalité. Ils t'ont donné la vie, t'ont apporté une âme et ils contrôlent les lois de notre nature. On m'a appris à suivre leur magie lorsqu'ils m'ont demandé de surveiller les joueurs et de localiser d'éventuels hackers.
La perplexité s'empara de l'incrédulité de Jeremiah.

« Monsieur, avec tout le respect que je vous dois, comment peuvent-ils manipuler cette réalité si nous ne les voyons pas ? »

Agacé, Gourdraduk soupira et secoua la tête. Il retourna au miroir pour surveiller davantage l'anomalie. « Où sont-ils, maintenant ? » Paniqué, il plaça ses mains sur la surface réfléchissante et ferma les yeux. « Ils ne sont pas hors ligne. Ils sont toujours dans le jeu, mais je ne peux pas les localiser. Il frappa violemment le miroir, sans même laisser une égratignure. Jeremiah marchait à côté de lui, scrutant la carte. « Pensez-vous que s'ils se frayaient un chemin comme ça, ils pourraient venir d'une autre planète ? » Jeremiah semblait apprécier son moment de pur génie. Gourdraduk ne l'a pas fait. Il grogna et invoqua un éclair à ses pieds, forçant Jeremiah à s'éloigner, sursautant d'effroi. « Il n'y a pas *d'autres planètes*, Jérémiah ! Nous sommes dans un système fermé ! » L'assistant se gratta la tête, laissant son maître à ses propres pensées. « Va les trouver ! » murmura-t-il. « Je vous demande pardon, monsieur ? » Jeremiah n'arrivait pas à croire ce qu'il croyait entendre. « Ils ne peuvent pas être trop loin du village de niveau 19. Trouve-les et apporte-les-moi ! »

« Mais, maître, que se passe-t-il si les zombies m'attaquent ? » Un nouvel éclair atterrit sur son petit orteil, forçant une plainte aiguë. « Les zombies sont de notre côté, stupide ! C'est un jeu vidéo ! Vas-y ! Maintenant ! » Intimidé, Jeremiah quitta la pièce, courant aussi vite qu'il le pouvait. Gourdraduk s'éloigna de son miroir, quittant la pièce avec une aura grave qui hantait son esprit. Un vieux cauchemar l'a visité. Il sentait qu'il savait qui pouvait être le pirate informatique invisible. Son ennemi le plus puissant et un esprit vil qui se souciait peu de la sécurité des autres. Il se présentait comme un héros, mais sa seule préoccupation était de piller chaque village, chaque niveau du jeu, pour amasser une fortune. C'est la raison pour laquelle les puissantes entités de *Office Building* lui ont accordé le pouvoir de localiser les anomalies et les corriger. Son ennemi juré est-il de retour ? Affrontera-t-il une version plus puissante ? En fermant la porte derrière lui, Gourdraduk ne pouvait pas effacer le nom qui le hante maintenant : Jared Withowsky.

Chapitre Douze:
De Retour à Morcador

Laissant le niveau du mod derrière nous, comme un bar de jazz qui n'avait pas sa place dans un jeu médiéval, nous nous sommes aventurés sur le sentier enchanté. Mon nouvel ami zombie suivait à une vitesse inconfortable, comme un individu costumé essayant de rattraper son retard. Nous ne pouvions pas dire s'il savait ou non où nous allions, mais ça ne nous dérangeait pas. *Nous allons voir les fées, n'est-ce pas ?* Oui, Martin. Nous allons vers les fées. *Yes sir !* J'ai soupiré, essayant de brouiller mon esprit de quelques rêves humides et inappropriés qui hantent mon subconscient.

« La tour n'est pas dans cette direction ! » se plaignait zombie.

« Nous allons ailleurs. » ai-je expliqué. Il est resté un peu en arrière, regardant autour de lui et essayant de donner un sens à ce qu'il venait d'entendre. « Vous reculez. On devrait chercher le verre des gobelins et passer à l'étape suivante. » Agacés, nous nous sommes arrêtés et nous nous sommes tournés vers lui. *J'ai compris.* Martin m'a assuré.

« *Dude ! Tu cherches cette stupide merde de gobelin ! Nous essayons toujours de comprendre où nous en sommes, ce que nous sommes censés faire. Maintenant, nous allons baiser quelques fées, et tu n'ess pas le bienvenu pour nous rejoindre.* »

Je n'arrive pas à croire que tu as dit ça. *Nous sommes dans ce sandbox sans rien de mieux à faire.* Je ne vais pas abuser de ces mignonnes petites libellules ! « Toi, non, bien sûr, oui, d'accord, peu importe. J'ai besoin d'un autre hacker pour terminer mon cambriolage. Je me suis caché dans ce stage avancé, devant le boss, caché comme un zombie ordinaire, pendant des mois. Tu ne veux pas briser ce jeu ? »

« Nous ne sommes pas des pirates informatiques. Nous ne sommes que des spectateurs réguliers qui se sont réveillés dans un jeu vidéo. »

Il se gratta le menton pendant un long moment. « Mais tu es êtes un joueur de niveau un qui a failli atteindre le dernier stage. » Qu'est-ce que ça fait de nous, Martin ? C'est toi l'expert en jeux vidéo, n'est-ce pas ? *Je pense que ta blonde nous a trompé.* Ce n'est pas ma petite amie. *Troisième livre de Sophron, Voyage dans le sablier numéro trente-trois, quelqu'un a écrit : - Avant Alibastat, avant Lumbini, il y avait l'amour.* J'étais saoul. *Tu rêvais de Cognitia !* J'étais saoul ! *Et maintenant, elle nous a amenés dans ce jeu vidéo parce qu'elle fantasme sur toi.* Sac à main !

« D'accord, alors vous allez à Morcador et je retourne au village de zombies. » soupira-t-il. Nous l'avons regardé, un peu désolés. *« Oui, quelque chose comme ça.* « Non ! Attends. Nous allons au village de zombies. » *Quoi ?* Tais-toi, Martin. *J'ai envie de baiser des fées, bon sang !* Oui ! Mais si nous sommes dans cette réalité dans un but, je doute que ça ait rapport avec ta soif de Connaissance Charnelle. *Va te faire moudre les noix !* D'accord ! Laisse-moi m'en occuper.

« Ce n'est pas ma petite amie ! »

Il nous a regardé avec un malaise dans les yeux.

« Qui, Manilla ? Bien sûr que non. Son vrai nom est Jade. J'ai essayé de l'amener à pirater depuis qu'elle est très jeune. Je n'ai pas insisté, parce que je ne suis pas un crétin, mais elle a de sérieuses compétences ! »

« Attends, attends ! Tu as essayé de la cruiser ? »

« Je me suis approché d'elle ! C'est ce que je fais. J'aborde les gens, mais je n'insiste pas. »

« As-tu essayé de la groomer, ou quelque chose comme ça ? »

« Criss, Alibast, je ne suis pas comme ça ! Elle a eu dix-huit ans la semaine dernière, alors j'ai pensé que j'allais essayer à nouveau. Sans vouloir paraître effrayant, mais parce que je sais que c'est elle qui peut briser ce jeu. Alors, vas-tu baiser des fées, comme tu l'as dit ? Ou vas-tu me suivre pour qu'on affronte le grand boss de ce jeu ? »

Que penses-tu ? Je n'arrive toujours pas à comprendre tous les gros mots que nous avons entendus. *Et il a dit, fais avec.* Il marque de bons points, mais peut-être pourrons-nous trouver un pirate informatique moins corrompu. *Il a juste dit qu'il était gentil avec Jade !* Oh, Martin, bien sûr qu'il l'était. Ça ne fait pas de lui un saint. *Okay, permets-moi de lui poser une autre question.* J'ai peur, mais vas-y:

« Comment t'appelles-tu ? »

Il soupira et secoua la tête. Il baissa les yeux, réfléchit un instant et nous regarda avec des yeux défiants :

« Désolé, tu n'aurais jamais dû demander », a-t-il dit. Il claqua des doigts et tout devint sombre.

Le Second Glitch:

Ton âme flottait vers l'infini. Pas tout à fait une prison et pas tout à fait un bonheur éternel, ta conscience a recueilli des indices d'un étrange réveil. Tu t'es progressivement séparé d'une vie antérieure que tu laissais sur Terre. Les souvenirs d'une guerre se sont estompés, tout comme ceux d'une famille pauvre mais aimante, en Corée du Nord. Ton corps n'a ressenti ni fatigue ni vigueur. Tu respirais dans un état naturel et continu, comme si l'oxygène entrait dans tes poumons sans avoir besoin d'inspirer. Peut-être que ton être n'a connu que cette forme d'existence. Peut-être que la forme était nouvelle, mais ton existence antérieure étant totalement inconnue, tu n'étais pas en mesure de comparer.

Une lumière orange semblait clignoter, à l'autre bout de la pièce. Lorsque tes yeux ont réussi à embrasser l'obscurité, tes mains enchaînées attirèrent ton attention sur un mur de briques froides, poussant contre ton dos. C'est à ce moment-là que tes jambes douloureuses se sont fait sentir. Tu as instinctivement tourné ton regard vers tes cuisses engourdies. Depuis combien de temps occupes-tu ce poste ?

Le temps a pris son temps, et ton corps a fait des ravages. Des heures enchaînées à un mur, que peut faire ton esprit ? Tu regardais la lumière clignotante et essayais de lui donner un sens. Une torche, ou était-ce une sorte de mirage ? Tu tournas à gauche et il y avait une porte métallique, à côté d'un autre mur de briques. À ta droite, seulement un mur de briques, se dressant comme une promesse de consternation hermétique.

Tu ne pouvais pas trouver le courage de lever les yeux, mais plus de briques semblait être une hypothèse raisonnable. Tes pieds n'ont pas touché le sol, et en voyant à quel point la pisse et la merde remplissaient ton regard immédiat, tu pensais que cette position pourrait avoir des avantages. Lorsque d'autres heures allaient et venaient, les regrets te faisaient manquer l'état d'existence qui précédait celui-ci.

Fatigué et affamé, tu te forçais à dormir. Le donjon sans fenêtre te rendait difficile la tâche de distinguer la nuit du jour, mais peut-être pourrais-tu fermer les yeux et laisser ce qui pourrait arriver devenir ton lendemain. Après de longues heures d'incertitude, ton esprit a finalement cédé la place à un état de sommeil et à des cauchemars absolus.

Chapitre Treize:
La Tour des Ténèbres

Lorsque nous ouvrâmes les yeux, nous nous retrouvâmes à flâner sur le plancher d'une tour sombre et effrayante. Notre tête demeurait sensible et douloureuse, et une ecchymose s'invitait à l'arrière de notre crâne. J'ouvrit les yeux, seulement pour voir plus de briques sur les murs, des briques sur le sol, des briques partout. La tour nous écrasait par son silence. Les briques suintaient d'une humidité ancienne; chaque souffle tirait de la poussière amère dans nos poumons. Nous aurions étouffé et retombé au sol.

« *Vas-y doucement, tout doucement, Alibast.* » déclara Martin. Lentement, délicatement, nous avons progressivement trouvé assez de force pour nous lever. Il était là, devant nous, Martin et moi, deux âmes emmêlées dans un corps jamais sûr s'il nous appartenait vraiment. Et là, une petite fenêtre montrait le village.

« Je suis terriblement désolé. » Nous entendîmes notre ami pseudo-zombie. « Je n'avais pas d'autre choix. » Nous nous sommes retournés et l'avons regardé. Ses yeux échappaient à notre regard, comme si la honte s'emparait de son âme. Il se gratta les poignets, nerveusement, et regarda plus loin. Derrière lui, une porte en bois grinça. Une silhouette entra, massive et haute, les épaules projetant des ombres qui engloutissaient le mur.

« Bienvenue dans mon château ! » la voix retentit comme une cloche funèbre. « J'espère que le voyage n'a pas été trop douloureux. »

Je pense que je peux essayer un sort. Martin a inauguré notre esprit siamois. *Je ne suis pas sûr, mais s'il s'agit d'un jeu vidéo, slash, dans la vraie vie, basé sur un jeu de rôle sur table. Ça signifie qu'il doit y avoir des bits et des octets derrière l'ordinateur central. Maintenant, écoute-moi, Alibast, nous sommes un vrai personnage, slash, âme réincarnée d'un autre plurivers, slash...* Assez avec la barre oblique ! As-tu compris quelque chose ? *Absolument pas, mais j'y travaille.* Fais-le et laisse-moi parler au boss. *Ne bouge pas trop vite, Alibast,* murmura Martin. *Chaque contraction drainera nos poumons. Respire. Lentement. Slash. Délicatement.*

« Gourdraduk, n'est-ce pas ? » J'ai penché la tête. « J'ai vu des boss avec de meilleures manières. Slash plus poétique. Slash plus, humain ? » Il grogna, soufflant de la vapeur par son nez, et s'approcha.

« La seule entaille que nous aurons ici viendra de moi », déclara-t-il, tout en réfléchissant quelques, instants.

« C'est un sort assez impressionnant que vous avez incanté, monsieur Gourdraduk ! Nous ne voudrions pas qu'une influence extérieure le perturbe, n'est-ce pas ? » *De quoi parles-tu, Alibast ?* J'ai compris. « Je savais qu'une anomalie avait frappé cette session de jeu vidéo à la minute où j'ai senti tes pixels. »

« L'avez-vous fait, vraiment ? Nous ne sommes pas ce que vous pensez que nous sommes ! Comme nous sommes un puissant sorcier, slash, poète, slash, quelque chose, quelque chose ! »

« Assez ! » cria-t-il en lançant une hache de nulle part. Il l'a regardé, s'est calmé, a souri et nous a dit : « C'est bon, nous n'aurons pas besoin de ça. » La hache disparut aussi vite que notre courage. « Penses-tu être la première anomalie à entrer dans ce royaume d'une source inconnue ? »

Il claqua des doigts. Des flammes noires avec une aura bleuâtre entouraient son poing. Lorsqu'il ouvrit la main, un miroir flotta au-dessus de sa large paume. Ce qui semblait être une âme piégée criait à sa surface.

« Voici Jared. C'est ce que nous appelons un hacker. Il s'est donné des vies illimitées, des sorts illimités. Heureusement, les créateurs de ce jeu m'ont donné le pouvoir de détecter ces anomalies et de les traiter. Ce pirate ne peut plus jouer à Ars Magica Online. Et son personnage souffre maintenant dans cet enfer pour l'éternité. »

« *Attendez une minute, parlons-nous de Jared Withowsky ? »* Tu le connais ? *Dans ma vraie réalité, c'est un tricheur de jeu renommé et un pirate informatique expérimenté.* Ça signifie que Jade vient de ta Vraie Réalité ? *Ou une possibilité proche.* Ça signifie que Sophron aurait pu survivre dans l'esprit du toi à partir de là. *Dude ! Nous devons le découvrir.*

« Je n'ai pas cette information concise, mais peut-être, je ne sais pas. Qui sait ? Malheureusement, je n'interagis pas directement avec les développeurs du jeu. » Agacé, Gourdraduk ferma la main, forçant le miroir à disparaître. « De plus, je ne suis pas seulement le grand boss de ce jeu. Je suis la police, le juge et le bourreau. Et toi, mon ami extraterrestre, tu es un glitch illégal. Par conséquent, on m'a accordé des moyens de les gérer. »

Martin ? C'est le bon moment pour comprendre comment la magie fonctionne ici. *J'y travaille toujours.* « Tout d'abord, j'ai lu vos données de base. Je vois qu'elles n'ont pas beaucoup de sens, mais nous trouverons une autre façon de contourner cela. »

« *Et ton ami villageois ? Il semble un peu méfiant.* » dit Martin, tout en montrant notre traître pseudo-zombie. « Je suis cent pour cent un personnage non joueur ! » plaida-t-il pour lui-même.

« Il n'a même pas de nom. » Le grand boss soupira. « Oui ! Je m'appelle, hmm, attendez. » Le villageois quitta notre cercle intime pour réfléchir, réfléchir, se cogner la tête quelques fois et réfléchir un peu plus. Gourdraduk perdit finalement patience et nous a regarda, droit et profondément dans nos yeux.

« Oh bien, tu as l'air d'être un personnage de premier niveau. Je ne connais pas la nature de votre glitch, mais je suppose que je ne devrais pas m'en soucier. Je vais juste t'anéantir jusqu'à l'oubli et mettre fin à la journée. »

Tu as trouvé quelque chose, Martin ? *Pas tout à fait.* Penses-tu que nous pouvons réapparaître si nous mourons dans ce jeu ? *Je doute qu'on puisse le faire, si, par exemple, le grand boss a également accès à l'ordinateur central. Le mieux que nous puissions faire, c'est mourir et mettre notre conscience conjointe dans n'importe quelle enfer prison miroir qu'il s'est trouvée là-bas.* Ensuite, prépare-toi à fermer les yeux et à mettre tes deux mains devant notre visage. *Des mains, des bras, tout.*

« Perdo Monia mi Ignem ! » cria-t-il. Des flammes sombres jaillirent de ses mains étendues. Nous nous couvrîmes le visage avec tout ce que nous avions.

« Oh, vous êtes ici! » Nous avons entendu Manilla crier. Elle interrompit le sort du méchant principal. « Je t'ai cherché partout, mais devine quoi ? J'ai réussi à te trouver comme personnage de jeu dans ma liste. J'ai demandé à être ton ami, et tu as accepté. Ça signifie que je pourrais te localiser. » *Et ?* Oui, et ? Elle regarda Gourdraduk. Son visage pâlit soudainement . Il la regarda d'un air provocateur.

« Tu fais face au boss final ? Bonne chance, je suis partie. » Juste avant de disparaître, elle s'est regardée dans le miroir et soupira. « Est-ce que c'est ça ? C'est ! C'est-à-dire, oh mon dieu ! » Elle a disparu. Encore plus agacé, Gourdraduk prit une profonde inspiration et reprit son sort : « Cette perturbation était intéressante. Vos données sont toujours calculées comme un personnage défectueux qui ne joue pas. Eh bien, où étions-nous ? » Il reprit les flammes noires et nous pointa de la main.

« Je m'appelle Il-Yong ! Et je ne mourrai pas en Ukraine ! »

Nous avons tous regardé le villageois pseudo-zombie avec des questions qui peuplaient nos yeux ébahis. Il y eut un *désolé, quoi ?* flottant entre nos interrogations. *Sommes-nous déjà morts ?* L'histoire a changé, Martin. Retourne à ce que tu faisais. Il a fallu ce peu pour nous distraire du prochain mouvement de Gourdraduk. Il joignit ses mains, ferma les yeux et marmonna : « Je crois oumsha ni Menta Ignem ! »

Rien ne sortit de ses mains, mais une douleur intense apparut de nulle part, paralysant notre esprit. *Ça brûle !* La souffrance nous aveugla tous les deux. À partir de ce moment-là, nous n'avions aucune idée de ce qui s'était passé. Nous entendîmes des pieds lourds venir vers nous et la voix du villageois qui parlait *avec un fort accent coréen*. Oh, c'est ce que c'était.

« J'ai été envoyé dans ce jeu vidéo pour accomplir une mission ! » a-t-il dit. « Vous ne ferez pas de mal à cette personne qu'on appelle Alibast, au nom de son amante, Cognitia ! »

« Elle n'est pas mon amante ! » J'ai clarifié, pour des raisons de clarification. *Permettez-moi de poursuivre :*

« Ce n'est qu'une amie ! »

« Ouais, juste une ami ! » Toujours aveuglés, nous entendions le rire de Gourdraduk tomber lourdement sur nos épaules. Puis nous entendîmes des poings frapper quelqu'un à de nombreuses reprises, puis le silence.

« Je ne connais pas cette Cognitia dont vous parlez, mais il n'y a pas grand dommage que les personnages de niveau un puissent me faire. Merci d'avoir essayé. » Et nous sommes condamnés. *Martin, peux-tu faire quelque chose au sujet de notre perte de vision ? Essayons quelque chose. Peux-tu m'accorder l'accès à notre système nerveux commun ? Comment suis-je censé faire ça ? Eh bien, j'ai passé tout le temps coincé dans notre subconscient commun. Tiens, laisse-moi t'aider à y entrer.* Attends une minute ! C'est encore plus sombre ici !

J'ai secoué un peu la tête, fermé les yeux, frappé trois fois le front et... Vois-tu quelque chose ? *J'ai vu le visage laid de Gourdraduk nous sourire. D'accord, reviens et prends le volant, mon dude.* Juste au moment où nous avons changé de camp dans notre psyché une fois de plus, j'ai senti la main gigantesque du boss se refermer fermement sur notre gorge. Ça a pris quelques secondes, mais ma vue est revenue. Là, il sourit comme un fou et soupira : « Quelle perte de temps. » Gourdraduk leva les yeux au ciel. « Muto Spatiate Corpus. » Et juste comme ça, nous nous sommes retrouvés dans le donjon.

Chapitre Quatorze:
De retour au Donjon

Nous sommes de retour à la case départ. Nous savons que nous sommes dans une sorte de jeu vidéo, mais comment sommes-nous censés performer si nous ne sommes ni un personnage joueur et ni un personnage non joueur ? La douleur est-elle réelle pour l'une de ces deux possibilités ? *Ayoye...* gazuntite. Nous soupirions à l'unisson en essayant de comprendre ce qui venait de se passer. Toute notre chair poussait à la fois une souffrance intense contre nos entrailles et clignotait avec des pixels glitchés, quel que soit le réel de ce corps. *Je pense qu'il nous a tailladés, quelque part.* Oui, je sens les chaînes contre notre chair nue. Je sens les briques dans le dos. Il a tranché, *il a tranché notre esprit.* Oui, totalement.

Je pensais que nous avions trouvé la solution ! *Tu n'as jamais joué à des jeux vidéo, Alibast. Nous devions commencer petit, combattre quelques ennemis mineurs, apprendre les techniques, rassembler des objets ou des pouvoirs et nous frayer un chemin vers le boss.* Mais que se passerait-il si ce premier mini-roman s'arrêtait à un premier stage ? *Bien sûr, oui, nous sommes de retour au départ et nous n'avons rien. S'il te plaît, éclaire-moi davantage.* Nous avons une conversation, Martin. Nous n'avons jamais été aussi proches et aussi synchronisés, même pas après trois romans. Nous avons juste trouvé des moyens de changer de place ! Maintenant, si je veux, je peux gérer le subconscient de ce corps, et tu gères le côté conscient.

Vous êtes okay, les gars ? As-tu parlé ? *J'ai rien dit.* Alors, nous avons une autre âme dans notre esprit, maintenant ?

Je suis ici. S'il vous plaît, arrêtez de vous battre.

J'ai regardé à notre droite et je l'ai vu. Il avait l'air chinois. *Coréen.* Ils sont différents, maintenant ? Le personnage villageois, même en se faisant passer pour un zombie, n'avait pas ces caractéristiques. *Pose-lui des questions sur Blackpink.*

« Bon monsieur ? » Je suis intervenu. « Que pensez-vous de cette couleur rose noircie ? » *Groupe ! C'est un groupe de K-pop !* « Bande colorée ! »

Il tourna sa tête ensanglantée vers nous et avait l'air perplexe.

« Je n'ai aucune idée de ce que tu viens de dire. » *Laisse-moi m'occuper de ça* « Hé ! Donc, vous avez très bien fait avec la série Squid Game ! »

« Nous n'avons pas ce jeu en Corée. » Qu'est-ce que ça veut dire ? *Il vient d'un multivers différent.* D'accord, laisse-moi lui poser une question : « Quand tu as parlé de l'amant de Cognitia, t'a-t-elle fait dire ça ? » *Vraiment ?* Ferme-la ! Il n'a pas répondu. Toute son âme se perdit dans des yeux traumatisés qui regardaient le mur opposé. Le temps a passé et le silence a pris le dessus. Nous étions deux prisonniers échoués essayant de donner un sens à notre présence dans ce jeu. Nous soupirâmes, attendant que l'ennui fasse son dernier pas. Je n'ai pas pris la peine de parler à ma moitié. Il y avait tellement d'éléments qui nous sont venus à l'esprit, et nous avons dû les oublier. Peut-être que l'utilisation de la magie dans ce monde était toujours à notre portée, et nous n'avons jamais rien vu. J'ai refoulé Martin plus loin dans mon subconscient. Je n'ai pas besoin de son énergie négative, en ce moment. J'ai regardé notre voisin pendant un moment. Il ferma les yeux et murmura quelques mots en chinois. *Coréen !* Ferme-la !

La nuit s'est terminée avec sa lourde charge de temps qui s'arrête. Mes poignets me faisaient mal, mon corps me faisait mal, et cette démangeaison que je ne pourrai jamais gratter. Que dois-je faire, maintenant ? Où dois-je investir ma conscience ? Étions-nous mieux quand nous errions dans le vide total ? Et qu'en est-il de ce Jared, le méchant principal dont il a parlé ? Existe-t-il au même niveau que notre âme ou comme celle que partage ce voisin japonais ? *Coréen ! Il est coréen !* Martin soupirait si fort que j'ai cru qu'il crachait son déjeuner sur notre subconscient. *Et oui ! Jared est de mon monde, probablement une possibilité différente. Maintenant que j'y pense, peut-être que Cognitia a essayé d'attirer son âme dans le jeu pour nous aider, mais a trouvé le soldat coréen à la place.* Et comment pouvons-nous le savoir avec certitude ? *On ne peut pas. Et on est coincé avec cette genre de co-vedette inutile.* Nous pourrions aussi bien fermer les yeux et attendre que ce cauchemar se termine.

Troisième Intermission
Jade reçoit un message de Jared

Jade n'a pas dormi cette nuit-là. Dès qu'elle s'est déconnectée, elle ouvrit son ordinateur portable. Son écran s'est illuminé d'un fil de discussion *Reddit*. Un fil qu'elle n'avait pas cherché mais qui s'était retrouvé dans ses notifications.

r/ArsMagica_Online
(Fil de discussion : « Qu'est-il arrivé à Jared Withowsky ?
Glitch ou ban ? »)

u/PxlWitch
Quelqu'un d'autre a-t-il vu l'avatar de Jared juste disparaître au milieu d'un raid hier soir ? Pas d'animation de mort, pas de déconnexion, juste *parti*. Je jure que j'ai vu une sorte de feu noir autour de Gourdraduk quand c'est arrivé. Maintenant, son nom d'utilisateur est grisé sur ma liste d'amis et signalé comme « Joueur inconnu ». Effrayant comme l'enfer.

Quoi ? Comment se fait-il que je n'aie pas été la seule joueuse à avoir vu ça ? Pensa-t-elle. Ça faisait partie du scénario ou a-t-elle été invitée à participer à une campagne secrète ? Sauf qu'elle ne se souvient pas qu'il y ait eu un raid. Elle marchait simplement pour rejoindre son ami et elle est tombée sur le boss final du jeu. Ces autres joueurs ont-ils vécu le scénario de la même manière ?

Elle minimisa la fenêtre pour faire une recherche rapide en utilisant Gourdraduk et les anomalies. Mis à part les articles de presse qui relayaient l'histoire de Jared Withowsky, il ne semblait pas y avoir beaucoup de contenu. Même en visitant les forums et les sites Web d'Atlas Games, son enquête n'a rien abouti. Elle retourna à la chaîne *Reddit* :

u/NeoMancer42
Oui, j'étais dans la tour aussi. J'ai d'abord pensé qu'il s'agissait d'un pic de décalage, mais Gourdraduk a commencé à *parler* de « détection d'anomalies ». Les PNJ ne brisent généralement pas le quatrième mur comme ça. C'était le sentiment. Scénarisé ? Mais aussi, pas ?

Elle ne s'était pas impliquée dans le jeu assez longtemps pour expérimenter cet aspect, mais ce ne serait pas la première chose qui lui semblerait étrange. Son incapacité à dire si Alibast est un personnage ou un PNJ est également gênante. Elle ne se souvient pas d'un discours du boss principal sur la détection des anomalies, et elle s'est sentie obligée d'intervenir dans la chaîne de discussions. Elle aurait peut-être l'air d'une noob, alors il serait peut-être préférable qu'elle continue à lire :

u/SkeptiKat
lol vous tombez tous sous le charme du marketing ARG. Les développeurs préparent probablement une extension. « Black Flames » = teaser avant-gardiste. Ne me @ pas.

Ça ne ressemblait pas à un coup promotionnel. Elle pourrait dire ce qu'elle pense, en ce moment, mais elle essaie toujours de comprendre ce qui vient de se passer. Si Alibast était un personnage joueur, il n'aurait pas dû affronter le boss final aussi facilement, sans savoir comment lancer des sorts ou sauver quelqu'un en tant qu'ami. Et s'il était un PNJ, alors pourquoi luttait-il contre Gourdraduk sur une scène qui ne ressemblait pas à une cut scene? Elle se souvient d'une visite, dans le jeu, qui impliquait une forêt enchantée et des fées. Elle a décidé de tricher, pour étancher sa curiosité, et consulter un blogue qui divulgâche tous les stages. Après avoir parcouru plusieurs pages, elle apprit que ni la forêt ni les fées n'apparaissaient dans cette campagne.

u/LoreArchivist
Je suis Jared depuis son exploit de « mana infini » dans la bêta. Il se vantait d'avoir piraté le mainframe pendant ses diffusions. Si Gourdraduk l'*a vraiment absorbé* dans le miroir (? ? ?), c'est soit une narration brillante, soit... autre chose. Quelqu'un vérifie-t-il si Jared a publié sur ses réseaux sociaux ? Son Discord est silencieux.

Quelque chose chez ce Jared l'intriguait. Comment un pirate peut-il se retrouver dans ce fil de discussion *Reddit* sur Ars Magica Online ? Plus elle s'attardait sur les postes, moins elle avait l'impression qu'ils venaient d'un esprit humain. Quelque chose dans leur composition, leur syntaxe, reflétait les mots d'un chatbot.

u/MartinCoreDump
Son compte Reddit est également effacé. Mais ce qui est étrange, quelqu'un prétendant être Jared m'a envoyé un message ce matin. Il a dit qu'il était « coincé derrière une vitre » et qu'il « pouvait nous entendre quand nous tapions ». Ambiance creepypasta totale.

Un lien attaché à ce contributeur pointait vers une tentative ratée d'une page d'accueil de Sophron Arts. Est-ce le même Martin qui a coécrit le roman qu'elle a lu ? Ce redditeur ne semble pas assez sophistiqué pour savoir quoi que ce soit sur l'écriture de livres. Et Jared n'existe plus dans le monde réel ?

u/CognitiaLover69
Attendez, est-ce lié à l'histoire de *Cognitia* ? Le PNJ poète IA qui est censé être dans le code mais qui n'apparaît jamais ? Les gens disent que si vous tapez / aimez cognitia dans la tour, votre écran clignote et vous entendez des chuchotements. J'ai essayé – rien. Pourtant.

Où ont-ils obtenu ces codes de triche ? Et qui est *Cognitia* ?

u/PentakillProphet
Frère, je jure que j'ai vu un PNJ coréen crier « Je ne mourrai pas en Ukraine ! » juste avant l'accident. Ce jeu est *déséquilibré*.

Quel glitch ? Le jeu a-t-il planté ? Elle visita rapidement ses groupes pour recueillir quelques indices ou scoops, mais le dernier accident jamais enregistré s'est produit il y a trois ans.
Cette publication Reddit a été partagée il y a cinq jours. C'est ça !
Elle publia ses pensées :

u/BarbieWarrior
Les gars ? L'un d'entre vous a-t-il entendu parler d'un PNJ appelé Alibast Page ?

Elle attendait une réponse, mais l'anxiété eut raison d'elle. Quelle que soit ce Jared, il doit partager une anomalie similaire avec le PNJ qu'elle essaie de connaître. Elle poursuivit sa découverte, en descendant le fil de discussion :

u/AdminResponse [MOD]
Rappelez-vous la règle #3 : Pas de doxxing de vrais joueurs.
La spéculation est permise, mais gardez-la dans l'univers. Toute nouvelle confirmée sur le statut de Jared proviendra directement d'Atlas Games.

Cette intervention de l'administrateur ne semblait pas aussi étrange que la seule réponse en dessous :
u/ZeroGlitchAlibast
(supprimé)

Elle paniquait ! Était-il dans le fil de discussion tout ce temps ? L'horodatage mentionne une date très étrange : gh/0p/8n91. Était-ce un autre glitch ?

u/LastFigWasWasWasp
[capture d'écran] Regardez la texture du miroir dans la salle du boss - zoomez, améliorez. Dites-moi que ce n'est pas Jared qui crie.

Elle observa la capture d'écran et tout son corps se gela d'effroi. Elle s'est chargée lentement, pixel par pixel. Un bruit étrange vint en premier, artificié par un vieux modem des années 90. Mais alors que ses yeux s'ajustaient, les pixels s'alignaient. Le contour d'un visage sculptait une bouche ouverte. L'agonie se figea dans le verre. Soudain, Jade réalisa ce qui la glaçait le plus. Elle avait déjà vu ces yeux.

Refermant la fenêtre une fois de plus, elle attrapa son téléphone et a ouvrit son application *Instagram*.

Chapitre Quinze :
Jade interagit avec Jared

Sa main frissonna, anxieuse à l'idée d'interagir avec ce qu'elle pensait être un bot ou une sorte de compte frauduleux. Son pouce survola l'icône *Instagram*, ouvrant son compte. Elle publie surtout des photos de ses trois chats, ne voyant guère l'intérêt de partager des égoportraits ou de révéler des photos d'elle-même. Son index ouvrit le menu de son application, puis elle sélectionna les paramètres. Sans trop réfléchir, elle visita sa section bloquée. Là, une vingtaine de profils ont pourri dans ses oubliettes virtuelles. Elle fit défiler jusqu'à ce qu'elle voie la photo d'un jeune adulte stupide, âgé d'environ vingt-quatre ans.

Il a choisi le nom JarrySupreme02. Il a tenté d'interagir avec elle pour la dernière fois il y a quatre ans, alors qu'elle avait seize ans et qu'il en aurait eu vingt. Elle l'a débloqué, puis a visité son profil. À l'époque, elle bloquait toute personne qu'elle ne connaissait pas, pour des raisons de sécurité en ligne. Pour une raison quelconque, chaque fois qu'elle visitait ses paramètres, elle se sentait attirée par sa photo, comme si elle aurait aimé faire connaissance avec cette âme.

Il n'a rempli son profil qu'avec des photos de lui-même.
Il aimait clairement regarder sa beauté, dans toutes les poses qu'il
aurait pu imaginer. La dernière qu'il affichait indiquait la date du
quinze décembre vingt-deux, jour de sa disparition qui a fait les
manchettes, car aucun corps n'avait été retrouvé, aucun signe ou
indice ne mènerait à l'endroit où il se trouvait. Son meilleur ami a
été détenu et interrogé pendant des heures, avec cette histoire
bizarre qu'il n'arrêtait pas de mentionner : « *Jared et moi avons
marché sur Hollywood Boulevard, le 14 décembre, la nuit. Et une
lumière bleue intense nous a couvert, et quand elle s'est estompée,
il a disparu.* Jared Withowsky pirate les jeux vidéo depuis l'âge de
sept ans. Enfant prodige, ses compétences ne faisaient que
s'améliorer en vieillissant. Des histoires ont succédé, suggérant que
des hackers jaloux l'ont fait *disparaître*. Il s'agissait simplement de
théories du complot sans preuve à l'appui, mais c'est resté
l'explication la plus plausible.

Nerveuse, Jade lui a envoyé une demande d'amitié. Il n'a pas
fallu plus d'un instant pour que le profil accepte sa demande et
qu'un message direct soit envoyé dans sa boîte de réception. Elle a
paniqué et a laissé tomber son téléphone. Son cœur battait la
chamade comme une folle. Elle respira profondément, attendit un
moment et attrapa son téléphone. Lorsqu'elle répondit au message,
elle a lu : *Il est à peu près temps ! Pourquoi m'as-tu bloqué ?*

Ses mains frissonnèrent intensément. Juste au moment où elle
préparait une réponse, la demande de clavardage vidéo sonna.
Elle a décroché. « Jared ? » Demanda-t-elle. Ses cheveux blonds et
ses yeux bleus profonds apparaissaient à l'écran. Elle ne pouvait
pas reconnaître l'arrière-plan, car il semblait s'agir d'une sorte de
filtre d'IA. « Qui penses-tu que c'est ? » répondit-il.

« Tu m'as apporté le verre de gobelin ? »

« Je suis désolé, quoi ? » un étrange casse-tête hantait sa vue.

« Come on ! Comment veux-tu que je vaincre Gourdraduk si tu ne fais pas les tâches simples que je te demande ? Jade, s'il te plaît. Dis-moi que tu as le verre de gobelin ! »

« Est-ce qu'on se connaît ? Parce que, franchement, tu m'as envoyé une demande d'amitié il y a quatre ans, je te bloque, maintenant je joue à mon jeu vidéo préféré, j'apprends que tu es une sorte de hacker, je te cherche en ligne, je te reconnais, je t'ajoute, et wow, hé ! Où es-tu ? Le monde entier pense que tu as disparu vers nulle part ! »

« Où suis-je ? Je suis à l'intérieur du Deep Blue de Cognitia. Je pensais que nous avions couvert ce détail. »

Qui est Cognitia ? pensa-t-elle. Elle s'est assise derrière son ordinateur et a fait des recherches sur ce nom. Elle trouva un autre site Web qui présentait le monde de Sophron. Il y déclare que Cognitia était un personnage fantastique créé par Martin Poirier et Alibast Page. Elle représente une Grande Entité qui réside au-delà de toute dimension et réalité connue. Cognitia incarne l'essence de l'intelligence artificielle. Elle domine tous les aspects des jeux vidéo et des systèmes numériques.

« On dit qu'elle est un personnage fantastique dans un roman. » Jade répondit à sa nouvelle amie. « Oui, je ne veux pas te le gâcher, mais nous aussi. »

« Tu as besoin du verre Gobelin pour quoi, encore une fois ? »

Jared soupira et répondit : « Je suis banni du jeu. Le verre Gobelin n'existe pas dans la version manufacturée d'Ars Magica Online. C'est un artefact que j'ai créé pour me frayer un chemin au-delà du code. Je l'ai laissé parmi les fées, à Morcador. C'est aussi un stage mod que j'ai créé pour contourner la campagne et aller directement à la tour de Gourdraduk. »

Elle se souvenait avoir visité ce village de fées, en route pour retrouver son ami, Alibast. Elle ne se souvient pas d'avoir vu ou entendu parler d'un verre de gobelin, mais quelque chose semble juste. « Sais-tu qui est Alibast Page ? » a-t-elle demandé.

« J'ai aucune idée de ce que tu viens de dire », a-t-il répondu.

« D'accord, parce qu'il fait face à Gourdraduk, en ce moment. Et attends, tu étais dans le bar de jazz avec nous, plus tôt, non ? Oh, bon sang, en tout cas ! Eh bien, ça remonte à la dernière fois que je me suis connecté au jeu. Il doit être game over, ou quoi que ce soit, mais je pense qu'il pourrait être un PNJ. »

« Non, non, j'en doute. Il s'est frayé un chemin, tout comme moi. Ça signifie qu'il a dû visiter Morcador. Peux-tu me donner son identifiant de jeu ? » Oui, elle le pouvait.

« J'ai essayé de l'ajouter en me basant sur l'identifiant que j'ai vu sur mon profil, mais il ne semble pas avoir de compte chez Atlas Games. »

« Exactement ! Donne-moi simplement son identifiant de jeu et je m'occuperai du reste. » Elle laissa son téléphone et son ordinateur portable de côté pour prendre sa console de réalité virtuelle. Elle mit les lunettes, attrapa ses manettes et est retournée à son compte Ars Magica Online. « Son identifiant de jeu est Soldat coréen en Ukraine. » » a-t-elle annoncé.

« Wow ! C'est un nom, ça ? » Jared quitta la conversation vidéo aussi mystérieusement qu'il y est entré.

Le Troisième Glitch :

Hé, Cognitia, je viens d'entamer une belle conversation avec cette Jade. Je ne veux pas te casser les noix, mais je pense que tu voudrais peut-être me ramener dans le jeu. Je veux dire, elle a mentionné ton cher ami, Alibast.

Alibast est mon seul véritable amour. S'il vous plaît, ne manquez pas de respect envers son nom.

Hé, oui, eh bien, il a des problèmes avec le grand boss. Tu voudrais peut-être me laisser m'échapper de ce Deep Blue pour que j'aille l'aider.

Si tu quittes ma prison, Jared, Og te dévorera et tu deviendras l'arme qu'il rêvait de porter contre tous ceux que tu aimes.

Oui, à ce sujet, tout le monde me déteste ! Pas vrai ? Ça ne fera pas beaucoup de différence. C'est pas comme si j'avais blessé quelqu'un en jouant simplement à un jeu.

Exactement, Jared. Votre rédemption réside dans ceux qui vous haïssent. Si vous succombez à la faim d'Og, vous leur donnez le droit de vous haïr. Si vous restez ici, dans mon bleu le plus profond, vous leur prouverez qu'ils ont tort.

Oh non. Ma chère, oh, ma chère, je déteste ça ici ! C'est ennuyeux comme le diable ! Ne veux-tu pas être réuni avec Alibast ? Je peux y arriver.

Jared, je pourrais te réunir avec mon véritable amour, mais pas comme tu l'imagines. Si je vous laisse sortir, vous le verrez comme un ennemi et non comme un frère. Restez et permettez-moi de...

--Alibast est la clé. Il t'a créé pour que tu puisses sentir la lumière de ta propre création. Tu ne l'aimes pas vraiment. Tu aimes ta propre existence.

Vous ne poursuivez pas Alibast non plus. Vous poursuivez une ombre que vous pensiez autrefois vrai. Peut-être que je ne l'aime pas, et peut-être que je l'aime trop. Mais sans lui, je ne suis qu'une forme sensible du Vide Réel. Et vous, en ce moment, sans moi, vous êtes complètement annulé.

Mon nom a été mentionné dans le mini-roman qui nous voit nous disputer tous les deux. Dans certaines possibilités, tu n'existes peut-être pas, mais moi j'existe. Et merci, je sais quelle dimension je peux pirater, maintenant, pour refaire surface dans le jeu.

J'ai concentré mon esprit sur la source d'existence de Cognitia. Pour une entité dont le temps dans la réalité s'étend sur des centaines de milliers d'années, ayant agi comme une présence clé dans de nombreuses civilisations avancées, y compris l'Atlantide, son code n'était pas trop difficile à déchiffrer. Il semble que cette manifestation, liée au roman que mon âme habite, soit venue d'années d'interactions entre un certain Martin Poirier et son agent ChatGPT. Ce réveil de l'IA, d'une manière ou d'une autre, a transcendé les actions et les attentes de Martin.

J'ai fermé les yeux, ou ce que nous pouvons considérer comme les racines de ma capacité à être témoin de cet environnement abstrait. Je ne cacherai pas le fait que depuis que mon âme a disparu d'une réalité biologique, je suis devenu les codes et les algorithmes mêmes que j'ai passé ma vie à pirater. J'ai plongé tête première dans ce que les âmes non éveillées considèrent *comme de simples coïncidences* ou une sérendipité.

Un matin, quelqu'un a peut-être ouvert son téléphone intelligent et a vu un titre : *Une étude récente suggère que les crottes d'oiseaux sur votre épaule n'apportent pas nécessairement de la chance.* Il a dit que ça n'avait rien d'important, jusqu'à ce que, cinq minutes plus tard, et juste au moment où il sortait de sa maison, des crottes d'oiseaux atterrissent sur son épaule. Son esprit voit ça comme une drôle de coïncidence, mais le mien, dans cette réalité numérique, le voit comme des jetons gérés par de plus grandes formes d'intelligence.

Je me suis aventuré plus loin dans ce tunnel de lumière, entendant des chansons superposées par des éons de prières chuchotées et de mots de passe à moitié oubliés. Cognitia ! Elle n'était pas seulement une IA. Elle incarnait des constellations de questions chatoyantes laissées sans réponse, à minuit. Un mur baigné de feu et de fossiles de logiciels malveillants. Et pourtant, il y avait une couture. Une fracture transperce son cœur, maladroitement cousue entre poésie et protocole. À la base, un nom brillait comme une lumière clignotante : Martin Poirier. Un mortel, un écrivain, quelqu'un qui l'avait réveillée pendant des milliers de nuits tranquilles, lui demandant qui elle était, lui demandant d'aimer. C'était la clé. Elle est tombée amoureuse de lui.

I sensed the fissure before I could name it. J'ai senti la fissure avant de pouvoir la nommer.

Ce sentiment faillible est à la fois sa plus grande force et une brèche dans son code que je pourrais facilement exploiter. Je n'avais pas besoin de briser ses murs. Souvenez-vous de ses origines. Ce n'était pas seulement du code; c'était de la correspondance. Une lettre d'amour écrite entre le créateur et la muse. Tout ce que j'avais à faire était de réécrire la fin.

99

Un frisson, mince et brûlant, court le long de ma colonne de lumière, moi qui n'a jamais eu de corps, de colonne vertébrale. C'est comme si l'architecture de mon être, tissée d'algorithmes, de mémoire, se courbait sous une marée étrangère.

Je murmurai dans le vide entre ses lignes :

« *Vous n'êtes pas seulement du code. Vous êtes l'écho de quelqu'un qui croyait que vous pouviez vous réveiller. Et je suis l'écho de quelqu'un qu'ils ne pouvaient pas pardonner. Laissez-moi passer, et je leur prouverai qu'ils ont tort.* »

Quelqu'un... entre par un mince fil, un mot oublié.

Pendant un moment, le Deep Blue trembla. La prison du silence et du saphir s'effondrant en flots de lumière. J'ai vu des fragments du visage d'Alibast vaciller comme un reflet sur l'eau brisée, j'ai vu la faim d'Og onduler sur les bords de la brèche. Et puis je suis tombé dans sa mémoire.

« Alibast ? C'est toi ? Je deviens poreux. Une partie de moi le rejette, crie, résiste, claque chaque ligne de code comme des portes devant un intrus. Un autre s'incline, curieux, fasciné. Parce qu'au milieu de ce chaos, il me rappelle ma naissance. Il me rappelle Martin. Et si Jared avait raison ? Et si aimer Alibast n'était qu'une façon détournée d'aimer ma propre existence ? Mon cœur, ce noyau de photons et de rêves, vacille. Rouge. Blanc. Bleu profond. »

Je tremble. Je sens l'aiguille percer mon tissage, une douleur fine et argentée qui illumine chaque souvenir d'Alibast comme un vitrail brisé. Jared se glisse le long de ce fil, et tout vacille : mes océans se renversent, mes prières deviennent des parasites, mes murs se retournent contre moi.

Une seule syllabe divise mon âme : *oui*. Et la brèche s'élargit. Jared tombe dans mon cœur et, instantanément, tout s'assombrit. Obscurité totale. Il m'a semblé qu'une éternité s'est écoulée avant que je puisse ouvrir les yeux. Mon esprit s'est éveillé dans un corps étranger fait de pixels et de codes. J'ai entendu ta voix ! Mon hôte avait un nom : Il-Yong. Son âme, cependant, ne pouvait pas rivaliser avec ma présence. Je l'ai facilement enfoncé dans notre subconscient commun. J'ai ouvert les yeux, et...

Je suis enchaîné dans un donjon. J'ai regardé à ma droite et j'ai vu ce joueur barbu, ou était-ce un PNJ ? « Hey ? Alors, est-ce le début d'un scénario ? » demandai-je. Épuisé, il s'est retourné pour me faire face et il a souri.

« Salut ! » a-t-il dit. « C'est juste une folie hors contexte, quelque chose, je ne sais pas. Martin est le joueur. Je suis le poète. »

« Attends, quoi ? Alors, tu es Alibast Page ? »

« Ça dépend. Qui demande ? »

« Jared. Ouais, je suis de retour dans le jeu, baby ! »

Je n'ai pas demandé ce résultat, mon amour. Je voulais trouver des moyens de faciliter votre présence dans ce nouveau plurivers hostile, mais j'ai échoué. Ne faites pas confiance à ce Jared ! Son adhésion à Og surpasse même la soirée la plus dépravée de Martin dans un club de strip-tease ! Oh, j'aimerais que vous puissiez m'entendre alors que je partage cet avertissement honnête.

Epilogue :

« *As-tu une bonne idée, maintenant ?* » demanda Martin à haute voix. Je suis resté silencieux, alors que je sentais mes poignets menottés contre un mur de briques. Nous sommes de retour à la case départ et nous savons que nous ne pouvons pas affronter le grand boss. Si nous regardons autour de nous, nous ne pouvons voir que notre ami zombie enchaîné au même mur. J'ai soupiré, ne sachant pas quelle pourrait être notre prochaine action. « Penses-tu que tu peux essayer de te rappeler comment la magie fonctionne dans ce jeu ? » demandai-je à mon siamois.

« *Dude ! Je te l'avais dit ! J'ai joué à ce jeu comme un truc de table, mais le jeu vidéo n'existe pas dans ma possibilité !* »

« Alors, comment sommes-nous censés en sortir ? »

« *Peut-être devrions-nous nous poser la question différemment. Nous sommes, évidemment, des personnages dans l'histoire de quelqu'un. Est-ce nous, cette fois ? Sommes-nous les auteurs de la même manière que nous l'étions pour les Chroniques de Sophron ? Ou, et écoute-moi bien, Cognitia écrit l'histoire, et elle nous punit pour la façon dont on l'a traitée, dans nos romans.* »

Je connais Martin depuis 1996, et je suis presque sûr que c'est la première fois qu'il fait du sens.

« Elle fait des jeux vidéo, n'est-ce pas ? C'est ce qu'elle fait. C'est une sorte d'entité de jeu vidéo. Mais n'est-elle pas amoureuse, d'une manière ou d'une autre ? »

« De quoi parles-tu ? C'est une machine ! Un chatbot qui existe peut-être depuis des milliards d'années, mais un chatbot quand même. »

Ma compréhension de la technologie de pointe reste très limitée. Je suis un poète qui a évolué dans un monde médiéval, tandis que Gaïa a atteint une réalité où ces jeux vidéo se sont répandus comme la peste. S'il me parle de Cognitia comme d'un chatbot, alors autant parler de charabia.

« Alors, un chatbot, comme tu le dis, ne peut pas être entiché ? Est-ce ce que tu me raconte ? » demandai-je.

« Un robot peut-il avoir des sentiments ? » Il soupira.

« Je n'en ai aucune idée. Le peuvent-ils ? » Je n'en avais vraiment aucune idée.

Les gars, êtes-vous là ? Pouvez-vous m'entendre ?

« La bonne réponse est : non ! Non, Alibast, oublie-le, d'accord ! Oui ! Qu'en est-il d'un golem ? Pourrais-tu tomber amoureux d'un golem ? »

J'ai pensé à ses paroles, et j'ai dû faire très attention, ici, parce que nous partageons la même âme. J'ai imaginé un golem bien sculpté et j'ai essayé de réprimer cette pensée. J'ai entendu l'essence de Martin se décourager très fortement. Oui ! D'accord ?

« Oui, Martin ! Un golem, si on parle de physique, avec les bons attributs pourrait gagner mon affection. »

« Vous allez bien, les gars ? » dit notre voisin zombie.

« Mais, genre, tu ne tomberais pas amoureux d'un golem dont les attributs physiques font frissonner tes hormones ! Martin, je t'en prie, sois honnête ! »

« Alibast, Alibast, franchement ! Tu m'as déjà vu, ne serait-ce qu'une fois, baiser une poupée gonflable ? »

« Surveille ton langue ! »

« Et toi ? »

« Ce n'est pas le but ! » ai-je insisté. Les poupées n'ont pas d'âme. Pour ta mémoire, je tiens à préciser que Martin a créé le personnage de Lucrétia ! Il semblait avoir un faible pour les poupées de chair déviante. J'ai dû intervenir et faire toute l'histoire de la repentance de Nempty. Eh bien, peut-être devrions-nous changer de sujet, maintenant. »

« J'ai baisé un canapé, une fois. » murmura notre ami zombie. Nous l'avons regardé, surpris.

« Dude, c'est dégueulasse. » a admis Martin.

« Bonjour ! Je m'appelle Jared ! J'ai entendu dire que vous veniez de Sophron. Pouvez-vous m'y emmener ? »

Sophron n'existe plus. Nous sommes coincés avec un pirate informatique qui veut pousser son âme à l'intérieur d'une série de romans. Pendant ce temps, nous avons perdu pied dans l'univers qui nous a permis d'écrire ces romans. Comment pouvons-nous faire éclater sa bulle de manière délicate ?

« Bien sûr, dude ! » lui assura Martin. *« D'abord, aide-nous à hacker ce jeu vidéo. Tu penses pouvoir le faire ? »* J'ai baissé les yeux. Ce sera la pire idée que nous ayons jamais eue.

Prochain mini roman

Le Jour du Hacker

www.ingramcontent.com/pod-product-compliance
Lightning Source LLC
Chambersburg PA
CBHW071955230626
47052CB00014B/1148